漂流者の生きかた

五木寛之
Itsuki Hiroyuki
姜尚中
Kang Sang-jung

東京書籍

漂流者の生きかた　目次

第Ⅱ部　無力《むりき》＝パワーレスパワー

第Ⅲ部　日本人であることの限界

第Ⅳ部　漂流者の生きかた

第Ⅴ部　おれたちはどう生きるか

装幀　片岡忠彦
帯写真　戸澤裕司

はじめに

「吹っ切れとる」ひと

エンターテインメントとしての文学の「巨匠」にして、米寿を迎えようとしている現在でも第一線で活躍する五木さん。大家との対談である、緊張しないわけがない。それでも、五木さんと話をしたいと思ったのは、いつまでも枯れずに「青春」を生きているように見える五木さんの、私には異様なほどに旺盛なエネルギーがどこから生まれて来るのか、知りたかったからである。

それが、「引揚者」として生き残った者（サバイバー）の生命力に由来すると知り、意表を突かれた気がした。大切な人たちの犠牲の上に自分は生き延びた、いや、「悪人」だからこそ、生き延びたという思いが、今も五木さんの生命力の源泉になっていることを知り、私は今更ながら、五木さんの「吹っ切れとる」佇まいに脱帽せざるをえなかった。それは、私に欠けている人生の作法でもあったからだ。

その作法を自ら体現していたのは、私の場合で言えば、父であり母であった。彼らは、明らかに「デラシネ」であった。「デラシネ」が、悲哀に満ちた「根無し草」ではなく、移植されることでより強くなった草を指すとすれば、彼らにはどこか五木さんと同じような「吹っ切れとる」胆力のようなものが備わっていたのである。五木さんに感じた懐かしさは、そうした父や母と共通する佇まいのせいに違いない。

学生の頃、私は自分たちのことを、日本にも、父母の国にも居場所のない「デラシネ」だと自嘲気味に語っていたものだ。しかし、今から思えば、それはセンチメンタルな「根無し草」の感覚を脱し切れていなかったことになる。そこには、「吹っ切れとる」したたかで柔軟な生きる作法が欠けていたのだ。

私にとって五木さんとの対談の最大の成果は、「吹っ切れとる」「デラシネ」で生きることが、「私たちはどう生きるか」の問いに答えるヒントになることを教えられたことである。

グローバル化という横文字が陳腐なほどありふれている時代、世界はフラットになり、いろいろなボーダーが消えて無くなるか、その役割を終えていくに違いないと言われた。しかし、その多幸症的な楽観論は消え失せ、今では世界の至るところ、国境の内と外で見える壁、見えない壁が立ちふさがり、格差と差別、嫌悪と敵意が人々を引き裂き、武器を取るか言葉を使うかは別にして、暴力的な「見えない戦争」が広がっている。それは、否応無しに、自分が誰であり、どんな共同体に帰属しているのか、自分の「正体性」（アイデンティティ）が問われる時代である。そんな時代に「デラシネ」を生きることは、明らかに「反時代的」に違いない。

しかし、「デラシネ」であることは、どこにも属さない、自由気ままな生を生きることではない。それは、人間が作り上げる、見える、見えない壁や境界がどんなに堅牢で不倒壊のように見えても、脆弱で当てにならないものであると見切り、どこにいてもしたたかに、柔軟に生きる「吹っ切れとる」生命力を指しているのである。

そのことを、五木さんはあの敗戦で嫌というほど痛感したはずだ。そして父と母は、植民地という亡国の体験を通じて、それを味わった。そして、この列島に今を生きる人々もあの東日本大震災や福島第一原発事故のような巨大な天災と人災を通じて国家や企業、科学・技術の脆さを自覚したはずだ。

ならば、もはやどこかの境界や壁で囲われた世界が安心、安全、平穏であるなどと、誰が断言できるだろうか。それは、不安や焦燥のタネが尽きない時代に違いない。何かにすがろうとするのが、人情である。神か仏か、あるいはカネかコネか。

五木さんが指摘しているように、平均的な日本人の願いが、健康とカネと平和に尽きるとすれば、この「三つの宝」を守りたいと思うのも人情である。確かに、そのどれかにでも恵まれれば、「幸せ」だ。幸せは、人を突き動かす大切な動機であることは言うまでもない。しかし、「幸せ」はあっても、「希望」がそこについて回るわけではない。「希望」のない「幸せ」もありうるからだ。

対談で、五木さんが、「浄土」を「希望」と言い換えていたことが強く印象に残った。明らかに経済大国のピークを過ぎ、五木さんの言葉を借りれば、「鬱の時代」を迎えているにもかかわらず、「躁の時代」を忘れられず、国家的なビッグ・イベントであたかも「躁の時代」の再来を装っている現在の日本にないもの、それは「希望」ではないだろうか。

大げさに言えば、明治維新から約百五十年、そのほぼ半ばの昭和二十年（一九四五年）から七十五年、私たちは、「躁の時代」の「三宝」が、もはや当てにならない時代を生きているのである。当てにならないから絶望する必要はない。絶望はむしろ、どこかで当てになると生半可に信じている時に私たちを虜にするのである。当てにならないと見切る「吹っ切れとる」人生の作法こそ、「デラシネ」的な生きかたにほかならない。そして「希望」はそこから初めて私たちの中に懐胎するのである。
五木さんとの対談を通じて、私はあらためて「不確実性の時代」を生きる作法について考えさせられた。読者は本書を通じて、これからますます不確実になっていく時代を生きる手応えのあるヒントを探し出して欲しい。

二〇二〇年　春

姜　尚中

漂流者の生きかた

第Ⅰ部　「鬱《うつ》の時代」を生き抜く

悩むことの必要

姜　考えてみると、これまで僕はずっと「鬱《うつ》」だったような気がします。小学校五年生ぐらいまで吃音《きつおん》でした。それも影響していたのかもしれません。
それがどういうわけか、「躁」の舞台装置であるテレビに出てほしいと言われるようになり、とまどっていたんですが。

五木　テレビは、気持ちを一オクターブ高く持っていかないと、周りと合わないですからね。

姜　テレビなどで妙に躁なことばかりやってきたので、今日は、やっと本来の自分に戻ったんじゃないかなと思います（笑）。

五木　本来、ですか。どちらかと言いますと、姜さんは平静な方だという印象を持っていましたけれども。

姜　いえ、もともと僕は、自分の家族を含め、なぜ韓国人というのはこんなに感情の振幅が激しいのか、と思っていました。それが嫌で仕方ない時があったのです。

五木　そうですか。

姜　中流家庭の、おとなしい家庭に生まれたかった。中学、高校時代はそればかりを考えていました。けれども、自分が年を取るにつれて、家族の感情の底にあるものが少し見えてくると、共感みたいなものを持つようになりました。自分の中にもそれがあるな、と。

五木　なるほど。姜さんの書かれた『在日』（講談社／二〇〇四年）は、姜さんのアイデンティティについて描かれた作品だと思いますが、お母さんがしばしば癇癪《かんしゃく》を起こす場面が、じつに印象的でした。

姜　ふだんは静かな人なのですが、不条理なことや辛いことがあると、怒りや悲しみの激情のほとばしりにまかせるようになることがありました。

五木　僕はお母さんのことを読んでいて、韓国の「恨《ハン》」ということばを思い起こしました。

千年、二千年と続いてきた朝鮮半島での民族の歴史の中で、人びとは血の涙を流すような、心に深い傷を負う出来事があった。そうした歴史が親から子へ、子から孫へと伝承され、家族から地域へ、地域から社会へ、社会から民族へと広がってゆく。それが「恨」という感情であり、今なお生き続けているように思えてしまうんですね。

姜 そうですね、そういう感情が少なくとも私のような「在日」二世の世代まで受け継がれているように思います。

五木 それと似たロシアのことばに、「トスカ」というのがあります。ゴーリキーの「トスカ」という小説を、二葉亭四迷《ふたばていしめい》は、「ふさぎの虫」と訳している。同じように、中国には「悒《ゆう》」、ポルトガルには「サウダーデ」ということばがあります。

こうやって眺めてみると、世界の民族に共通して、そうした感情を排除しないという歴史がある。

姜 ええ、それぞれの国や地域の歴史に応じて心の中にわだかまる感情が共通の感覚として分ち合われているのだと思います。

五木 では、日本ではそれにあたるものは何だろうと考えると、やはり「鬱」でしょうか。

でも今、悩みや鬱を、精神的な症状のひとつとみる傾向もあるでしょう。地方自治体の健康診断のアンケートでは、「朝起きて、張り合いがないと思う時がありますか」とか、「親を疎《うと》ましく思うことがありますか」、「仕事に生きがいを感じないことがありますか」などと質問される。〇をつけていったら、僕は立派な鬱病でした（笑）。

姜　そうですか。私もアンケートでは鬱病として認定されるでしょうね。

五木　だけど、いつ頃からか、鬱とか、悩むということは、じつは大事なことなんじゃないか、と考えるようになったのです。

姜　と、言いますと。

五木　『広辞苑』では、「鬱」は「草木の茂るさま。物事の盛んなさま」という意味となっていますね。「鬱勃《うつぼつ》たる青年志士の野心」、「鬱蒼《うっそう》たる樹林」という言いかたもある。こうした「勢いよく盛んなさま」という意味が鬱の第一義で、「鬱々たる気分」というような否定的な意味のほうは、本来は第二義なんですよ。

姜　なるほど。

五木　それから、僕の感覚では、鬱の中には、「憂《ゆう》」という感情と、「愁《しゅう》」という感情とのふたつがある。

姜　憂愁、ですね。それなら私の中にもあります。

五木　「憂」というのは外に向けて発せられる気持ちであって、国を憂《うれ》うるという「憂国」の「憂」です。子供の教育はこれでいいのか、地球環境はこのままでいいのかと、強く憂うるホットな感情です。

もうひとつが「愁」です。人間の生きかたを考える時に、人間とは何かという問いに、おのずと浮かび上がってくる、しーんとした感覚。それが「愁」だと思うのです。どこかクールな感情ですね。

このホットとクールのふたつの大事な面が鬱にはあると思うのです。

姜　なるほど。それは世代によって変わりますか。

五木　今の若い世代に不満を持つとしたら、皆自分探しというものは一生懸命するけれど、「憂」という、他者へ向けての気持ちが弱いのではないのかな。

姜　僕もそう思います。三十年以上大学で教鞭をとって来て、時代が下るほど他者との交わりが苦手な学生が増えているという印象があります。

五木　悩むことの中にも、その両方があると思うのです。でも、今、若い世代は悩むことや、悲しむことのやりかたを知らないようにも見えますけど。

姜　でも今、日本は、そういうことがやっと考えられる、鬱の時代のとば口に来たのかな、という感じも持っているんです。

五木　先頃、姜さんの『悩む力』（集英社／二〇〇八年）を読ませていただきました。これは姜さんの青春期の悩みについても語られているけど、明治の頃の、夏目漱石が抱えていた悩みについて主に書かれていますね。

　この国は、明治の初めから日露戦争の頃まで、いわば躁の状態だったんでしょう。日露戦争が終わって、劇的に鬱の時代に入ってゆく。「当時を代表する作家は一様に不機嫌だ」と山崎正和《やまざきまさかず》さんは書いています。漱石、永井荷風、森鷗外。

　日本はまた戦後、五十年間の躁状態が続いて、その後、躁からゆっくりと鬱の時代に向かいつつあるのではないかと思います。躁が五十年かかったんだったら、鬱も五十年かかるのではないか。僕の直感ですけれども。

姜　五木さんの、躁・鬱で時代を読む歴史観と、僕の考えはぴったり一致します。戦後の、前向き主義というんでしょうか、過去は全部水に流して前へ前へ進めという姿勢が、ここに来て、逆にすごくネガティヴなものを生み出している感じが確かにするんですよね。

たとえば、二〇〇八年の秋葉原の殺傷事件でも、あの犯人はネットに「時間です」と書きこんで、何も振り返ることなく、躊躇《ちゅうちょ》せず憂も愁も捨てて、人を殺す行動に出てしまった。彼にもし、もっと悩みながら生きられる時間と空間があったらどうだったろう、と思うのです。しかし、現代の社会は、制度もメンタリティーも、躁状態の時代の残映を追っていますから。

五木 ええ。悩むとか、悲しむとか、嘆くとか、戸惑うとかを、全部、「マイナス思考」ということばでひとくくりにして、世間は、黴菌《ばいきん》のように嫌ってきた。笑い、ユーモア、明るく気持ちのいい前向き思想であれば幸せになれると考える、そういう時代が長く続きすぎたんじゃないでしょうか。

姜 マイナス思考として今まで投げ捨てられ、顧みられなかったようなものを、見つめ直してみるということが、今の時代には必要ではないか、ということですね。

五木 ええ。今、小学校や中学校でも、生徒が頬杖《ほおづえ》ついて窓の外を見て、何か考えこんでいたりしたら、やる気のある先生ほど、「どうしたんだ。もっと前を向いて、元気出せ」と言うに決まっています。そうじゃなくて、悩むことも大事なんだということを、ちゃんと教える必要があると思いますけど。

姜 先生も、本人が悩んでいたような人ほど、自分の印象に残っています。

五木 本居宣長《もとおりのりなが》も、「悲しい時には悲しいと思い、声にも出し、人にも語れ」と言っています。語って、歌にして、それを他人が理解して、「ああ、悲しいんだね」と言ってくれると、自分は生き生きしてくる。だから、悲しい時に泣くとか、悲しむとか、声に出すとかいうことで、自分の中の悲しみを客体化して、乗り越えられるんだ、と。

秋葉原の事件の犯人は、それを語る相手がいなかったのでしょうか。

国を持たない者の心許《こころもと》なさ

五木 やっぱり人は、縁で出会うだけじゃなくて、求めている者同士が出会うのですよ。強い交流を求めて触手を伸ばして求めているから出会う。竹中労《たけなかろう》は「理解《りかい》」と書かずに「理会《りかい》」と言っていました。

姜 そう。求めないと与えられない。求めるためには、時には自分を投げ出さなければならないのですが、なかなかそれができないようです。自分を投げ出すということができないのでしょうね。引き受けてくれる人間関係がないから、秋葉原の犯人は、サイトの中でも「無視されている」という妄想だけはすごく強かったようです。

五木　昔、寺山修司《てらやましゅうじ》と対談をした時、彼が言ったことですが、やがてこの国にも「性的プロレタリアート」が出てくるだろう、と。結婚しない、彼女ができないということで、経済的なプロレタリアートだけではない、差異が生まれてくるだろう、と。もう三十年以上前の話ですが。いま非正規の勤労者の非婚率がすごく高くなっている。人口減少の原因のひとつは、その辺にもあるのかもしれません。

姜　そうですね、「性的プロレタリアート」が増えてくれれば、当然少子化は避けられないですね。

五木　女性に、結婚しなくていい、子供もなくてよいという人が増えていることも事実です。そうするとどうしても、家庭を持たない、持てない男が増えてくる。

姜　この前、ソウル大学で見てびっくりしたのは、男性が恋人への花束を持って大学に来てるんです。誕生日か何かのイベントでしょうか。そのくらい韓国では、とにかく涙ぐましいぐらいに恋人に対して尽くさないといけない。韓国はかつての家父長制と男女格差が激しかった社会が急激に変わって、女性の社会進出がすさまじい。日本も同じような状況になりつつあるのかもしれません。

五木　僕は以前、小説の中で、精神を病んだ娘と若い医師との間に、はたして恋愛が成立するかということを考えたことがありました。

姜　『凍河《とうが》』（文藝春秋／一九七六年）ですね。新聞に書き始められたのが一九七四年ですか。オイルショックが一九七三年ですから……。

五木　大阪万博が一九七〇年。日本が躁状態に入ってゆく頃です。

姜　書かれた時は、こういう世間の躁状態は、いつか変わらざるをえないと思っていらしたのですか。

五木　感じていました。僕のような焼け跡闇市派といわれる世代の中には、町が滅びていくことに対する、無意識の願望のようなものがあったのです。

姜　もう一回壊れてほしいと？

五木　ええ。こんな嘘っぱちの繁栄だったら、もういっぺん瓦礫《がれき》の町に戻してほしい。そんな気持ちが、どこかにあるような気がするんですよ（笑）。

姜　それはどこから来るのでしょう。

五木　僕の父親は師範学校の教師でしたから、僕が幼児の時に日本から朝鮮にわたり、物心ついた時は全羅道《チョルラド》にいたのです。父が赴任した村は、巡査ひとりと私たち家族以外は全員朝鮮人ですから、会話はすべて朝鮮語なんですね。やがて平壌《ピョンヤン》に移り、戦後、北朝鮮から引き揚げの時は、パスポートもない難民として徒歩で三十八度線を南に越えました。その「国を持たない」心許《こころもと》なさというのが、心の奥底にありますね。

姜　それはどういうことですか。

五木　たとえば車を運転していても、「青信号だからといって安心して走ってはだめだ」といつも思うわけ（笑）。赤信号、青信号は国が決めた制度じゃないか、青信号を信用することは国を丸ごと信用することだ、そんなことじゃ引揚者として生きていけない（笑）。

姜　うーん。僕は、五木さんと逆かもしれませんが、親父、おふくろの故郷のことがわからない。生まれた熊本が僕の故郷ですよ。当時の自分たちの集落は、朝鮮半島の貧しい人たちの飛び地のような場所でした。そこに五歳までいました。そこが自分の原点ですが、今思うと、いちばん幸せな時代だったかもしれない。

五木さんが作品に書かれた、セイタカアワダチソウの話が印象に残っています。

五木　ああ、北アメリカ原産のセイタカアワダチソウが日本に広がってゆく話ですね。

姜　それです。

五木　それがいつしか日本のススキと同居して、少しずつ背が低くなってくる。今までのように野性をむき出しにしていたのでは共倒れになってしまいますから。馴化《じゅんか》といいますね。

姜　そう。在日一世の親父、おふくろは、まさしくそれと同じでした。結局、朝鮮半島に自分の墓をつくらなくてもいいと言って、熊本に戻りました。

五木　姜さんの『在日』を読んで驚いたのは、今、「日本国民の在日化が進んでいる」、ということばです。あれはショックでした。日本国民の在日化とは、日本人が国を信用しなくなった、ということですね。

姜　そのとおりですよ。

五木　日本にいながら、日本国民ではなく、自分が孤立している、と感じる。「この国は他者だ」という感覚が出てきたのではないでしょうか。
　僕も、自分のことを「在日日本人」と、言ったことがありました。

姜　ええ。

躁の時代から鬱の時代へ

五木　韓国の人は怒りっぽいとよく言われますが、これは時代を先取りしているのかもしれません。一緒に外に向かって激発する場合があるでしょう。

姜　今の日本の若い人たちが、外側に出てゆく方法というと……。

五木　その歪《ゆが》んだ道のひとつがオウム真理教だったと見る人もいます。

姜　そうかもしれません。あれがつぶれた後は、個別でアナーキーで、ちょっと予測不可能な激発状態になっている。若い人には、とくに秋葉原の事件が非常にショックだったようです。

五木　しかし日本は、「水に流す」というか、なにごとも「流れてゆく国」のような気がする。連合赤軍事件にしても、「人を殺してはなぜいけないか」というテーマにしても、いつの間にか世間の記憶から流れ去っていくでしょう？　そこに大きな問題があると思う。

姜　それは日本に一神教的なものがないことにも関係があるのでしょうか。不思議に思うのは、日本ほど新興宗教や新しい宗教団体が大きい社会はそうないにもかかわらず、一般の人は「宗教」という話題を避けたがる。

五木　僕の近所のマンションで奥さん方が集まって井戸端会議をしてますが、昔は「うちの子供は学生運動なんかにかかわらないから良かった」なんて言ってました。それがオウムの事件の時期は、「うちの子は宗教に全然関心がないから安心だわ」と話しているんです。宗教にかかわることは恐ろしい、まるでドラッグをやるように思われていたんですね。

姜　そうかもしれません。

五木　中世に、浄土系の念仏を唱える仏教が熱狂的な人気になる前に、地獄のイメージが世間に広がった時期がありました。生きているだけでも地獄なのに、死んでまた地獄ではやりきれない、という空気の中で、浄土信仰が一気にひろまった。

今の世の中の格差社会で、下流に属する人間は一生そこから抜け出せない、子供も孫も、となってきて、まるで地獄だという実感が広がってくる。すると、これからは、そこから抜け出すことへの強い願望と憧れが出てくるかもしれません。

姜　「未来はホームレスで、希望は戦争だ」というような挑発的な発言をしたフリー・

ライターの方がいましたね。

五木 危険なのはそこですね。でも、戦争も、九・一一から、敵が見えない「鬱の戦争」へと変わったと思います。エコの経済というのは「鬱の経済学」。文化全体がこれからそうなっていくでしょう。

姜 ウォーフェア（戦争）がウェルフェア（福祉）と地続きとなっていた躁の時代は終わって、戦争はどんどん陰惨な「内戦」の性格へとなりつつあるでしょう。「内戦」と言っても、実弾が飛び交う戦闘だけでなく、ヘイトスピーチや激しい舌戦で国が分断されてしまう状態も含まれています。

五木 医療でも、大病院の先端治療という「躁の医療」だけではなく、代替医療のような「鬱の医療」に費やすお金が増えてくる。これからはあらゆる分野が鬱の方向に進んでいくのではないかというのが僕の直感です。

姜 私もそう思います。

ヒューマニズムの限界

五木　いきなり暗い話になりますが（笑）。
　二〇〇八年秋からの世界不況で、前米連邦準備制度理事会議長のグリーンスパンが「百年に一度の危機」と言いました。僕はそんなものではなかろうと思います。今起きているのは三百年から五百年に一度のデプレッション、大変革の時代が始まっている。「デプレッション」とは「恐慌」のことですが、「鬱」という意味もある。経済だけでなく、精神的なデプレッションが生じていると思います。

姜　僕もそう思います。

五木　二〇〇八年六月の朝日新聞の一面に、「十年連続、自殺者が三万人を超えた」という記事が載りました。日本の新聞の一面トップに「自殺」ということばが載ったのは、著名人の場合を除けば、おそらく初めてでしょうね。

姜　大変な時代が来ていると思います。しかし雑誌で対談をすると、編集者に「未来につながる話を」と言われ、テレビ番組では「もう少し明るい話を」と言われるんです。

五木　ああ、それはよく言われることで（笑）。

姜　それはもうやめたほうがいいと思う。そういう定番をつくって、見るべきものから逃げているから、かえって不安が高まるのではないでしょうか。

五木　二〇〇九年に、岡山県で警官が引ったくりをして、高校生が捕まえたという事件があったのですが、テレビのインタビューでその高校生が、「世も末だと思います」と、すらっと答えていたのを聞いてびっくりしました（笑）。おそらく、周りの大人が口癖のようにそう言っているのでしょうね。「末世」という実感が、今刻々と迫ってきている。

姜　末世ですか。学生時代にドイツの社会学者のウェーバーを読んだ時に、「一切の望みを捨てよ」というダンテの『神曲』の中のことばが印象に残っています。なぜ資本主義の未来を語るのに望みを捨てなければならないのだろう。その時はそう重くとらえていませんでしたが、今はわかるような気がします。

五木　そうですね。環境問題にしても、京都議定書はうまくいかないんじゃないか。なぜなら、環境という発想の根底にはヒューマニズム、人間主義がある。人間がいちばん大事な存在であるという前提の、人間至上主義の上に成り立っているからです。

そうではなく、仏教の「山川草木悉皆成仏《さんせんそうもくしっかいじょうぶつ》」という思想のように、獣や魚も草も木もすべていのちは平等だから、そこに立って環境を考えるのだ、というふうに考えかたを大転換しない限り、地球規模の環境問題の進展は実現できないと感じます。

今日、世界を支配しているのはキリスト教的文化圏の先進諸国です。その基盤にあるこうした人間至上主義から抜け出さないと、今のデプレッションから脱することはできないんじゃないでしょうか。

姜　ヒューマニズムを狭く「人間主義」あるいは「人間中心主義」ととらえれば、明らかにヒューマニズムの限界が露わになっていますね。

生い立ちの運命

五木　在日ということは、やはり以前はひそひそと囁《ささや》かれることだったんですよね。

姜　そうです。

五木　この日本で、ちゃんとした主義主張を通せて、社会的に堂々と存在しうることを身をもって示したのが、姜さんですから。

姜　そう言われると面映ゆい気がします。ただ僕自身、どんなに辛いこと、悲しいことがあっても「自死」を選んではいけない、最後まで生き抜かなければならないと心に決めています。それがこれまでの自分の活動と人生に対する責任の取りかたですし、矜持だと思いますから。
五木　本当にそうでしょう。もしそうしたら、やっぱり「在日の悲劇」という、人びとに生涯消えないイメージを植えつけてしまうでしょうから。
ところで、姜さんは二〇〇八年に、紅白歌合戦の審査員をされましたね。
姜　はい。
五木　僕も、前に一度やってますが、僕はデビューした時から、一貫して通俗的であることを宣言してきた人間ですから不思議ではないんですが、東大で国際政治を研究する姜さんが紅白に出られたのは、親鸞《しんらん》が二十九歳の時に、当時の最高学府、比叡山を下りた時のイメージと重なるような気がするけど（笑）。
姜　いや、今、「俗」とおっしゃいましたが、日本の文字も知らない自分の親たちが何で癒やされていたかというと、美空ひばりや力道山によってだったんです。
五木　なるほど。そうした、人から人へのコミュニケートの大切さや肉声の大切さについて、もう一度ふり返ってみなきゃいけないと思いますね。
僕が姜さんの本を読んでおもしろいなと思うのは、文章が「私」から入るんですよ。自分の生い立ちや体験から内容に移ってゆく。それは言い換えれば、いかに今の読者が、生きた人間の気配や肌ざわりを求めているかということでしょう。

姜　情がないと、論や理は生きてこないんじゃないかと思うんです。

五木　一方で、情念は非常に危険なものですよね。ナショナリズムと簡単に結びつきやすいし、論理を超えて、人間をひとつの方向へと走らせやすい。

姜　確かにそういう人物が出てきた時に、ナチズムのように熱狂的な過剰政治に行き着く場合もありますから。

僕の思いとしては、自分たち在日は、いつも中国や日本との間で翻弄《ほんろう》され続けてきたという思いがある。その裏返しとして、ヒーローがいつか自分たちを救ってくれるんじゃないかという思いがどこかにあったのです。北朝鮮は、それが悲劇的なかたちで、金《キム》日成《イルソン》のような人間に仮託したのじゃないかと思います。

五木　なるほど。そういえば、姜さんが『リーダーは半歩前を歩け』（集英社／二〇〇九年）の中でおっしゃっている「信じることの大事さ」に、僕はとても共感しました。確かに、今、信じうるものがなかなかないですね。

姜　ええ。今の時代は、経済活動も、人を信じてやってはいないと思う。マーケットという匿名のものも、国も信頼できないから、技術を信頼する。学生たちに問い詰めても、明確に人を「信じる」と答えられる人はそういないんじゃないかと思うのです。

五木　信じるとは、主体的に己を賭《か》けることです。

僕は、国家が崩壊した一九四五年を、平壌《ピョンヤン》で迎え、三十八度線を徒歩で越えて帰国しました。植民地にいた日本人の自分が国家から見捨てられたことを身に沁《し》みているので、いまの国家は国家のためにあって、国民のためにあるのじゃない、というのが信念になっています。ですから、国が信じられないからといって、今さら慌《あわ》てるな、とも言いたい気持ちがあります。

とはいえ、今の状況のいちばんの問題が、政治や国家に対して信頼がないことなのは確かです。今こそ、信念を持ち、自立する国民になるべき時なのに、信じられるものがないから、どうすることもできないんだよね。

姜　今のお話で、五木さんが、『人間の運命』（東京書籍／二〇〇九年）で、「人生というのは荒涼たるものだ。人間が生きているということは凄惨なものであるし、死ぬことも荒涼たるものである」と書いておられたのを思い出しました。

ただ、そこを超えれば、光が見えてくるのではないでしょうか。

五木　僕はそれを「あきらめる」と言っているんです。あきらめるというのは、物事を投げ出すのじゃなくて、「あきらかに究《きわ》める」というのが本来の意味です。今の日本の有りさまや自分自身の心や地位を、きちんと「あきらめる」ことで、新しいスタートが切れるのではないか、と。

姜　ただ、そうすると、理不尽なことをどうとらえるか。あきらめと運命ですか。

たとえばあるサラリーマンが、リーマンショックで失業して一家離散したとしても、世界資本主義には、何の影響もない。そんな理不尽なことがわれわれの周りにはいっぱいある。それも、五木さんが『人間の運命』で主張しておられる「運命」だということですね。

五木　ええ。僕は「運命」というものは、やはりあると思うんですよ。姜さんが日本で育ち、僕が当時の朝鮮で育ったのは、自分で選んだことじゃないですから。他の、他力《たりき》のようなものの働きかもしれない。

姜　他力。そういえば、そうですね。

五木　それは、前世の宿業を説き「あなたの三代前は武士で、人を殺した罪が呪っている」などとかいう話ではないのです。自分の両親や祖父母たちの行為の結果です。

僕の母の里は、福岡県八女《やめ》郡白木《しらき》村（現・八女市）というんです。あの辺は、筑紫君磐《いわ》井《い》の出身地なんですよ。五二七年に磐井の乱を起こした。
姜　朝鮮半島をめぐる争いですね。
五木　そういう土地柄の人間が、かつての大日本帝国の植民地へ赴《おもむ》き、そこで敗戦を迎えた。それは、ただつらい目に遇ったという自分らだけの問題ではなく、その前に背負った行為の清算を、自分が背負ったのだと感じてきました。
姜　そうですか。僕は若い時は、なぜ自分は日本人に生まれなかったんだろう、なぜこんなものを背負わされたんだろうと考えて、愛する父親と母親を疎《うと》ましく思う時もありました。
五木　でも、明日の運命は、今日の自分たちのおこないにかかっているわけでしょう？
姜　そうですね。ですから、今は物事を悩み悲しむ「鬱の時代」だということを踏まえて生きようとすればいいんですけど、一秒でも早く答えを求めようとするから、立ち止まって考える余裕がなくなっているのですね。

不安の時代における個人の発見

五木　「ユートピア」ということばの語源には、ギリシャ語で、「現実には存在しえない場所」という意味があるんだそうですね。ニヒリズムではなくて、政治の実体や国家の形態は、ずっと変わらない、と感じます。そのうえで自分の立場をどう守っていくかを、それぞれが考えるしかないような気がしてならない。

姜　そうですね。たとえば、政権交代に期待をしても、そう変わるわけではないのですから。戦前、新政権への国民の期待が裏切られて、第三勢力である軍部に政治的な力が移ったという史実があります。

五木　その現代の第三勢力になりうるのは、何なのですかね。

姜　たとえば地方の自治体の首長でしょうか。かなりポピュリズムになる可能性もありますけれど。

五木　なるほど。しかし僕は、国家というものが存在する限りは、今の形態は変わらないんじゃないかと思いますけど。やがて国家を卒業して、「脱国家」の時代が出てくるのではないかと思うのですが。たとえば、何かを「信じる」人々の集団が、国や民族を超えるのではないかと。

姜　それになりうるひとつのものは、日本が持っている文化力でしょう。

最近、ドイツでシンポジウムに参加した時に、「オタク」ということばを使いました。すでに「カラオケ」のように世界語になっていることばもあります。これまで日本で低い地位しか与えられてこなかったポピュラーカルチャーが、ネットワーク化し、世界で大きな意味を持つようになっている。

五木 なるほど。

二〇一〇年を予感してみると、一瞬、小康状態の年であると同時に、得体の知れない不安もある。嵐の前の静けさとでもいうか。でもその後、平安末期から鎌倉時代への変動のような大変な時代が来るのかもしれない、と思ったりもします。戦後の預金《よきん》封鎖や新円の切り替えなどを思い出したりして。

姜 僕もまったくそうだと思います。今、五パーセント台の失業率ですが、将来的には一〇パーセントも当たり前になってくるでしょう。

五木 僕は経済のことはわからないけど、経済的には超寡占《かせん》体制となるのではないでしょうか。大失業や大不況を武器に、大企業同士は合併してさらに大きくなり、その下には非常に苦しい層が広がっていくのかもしれない。

姜 僕は、一九七〇年代の半ばぐらいの状況に、全世界的に戻るんじゃないかと思っています。あの時代はインフレと不景気が同時に進行するスタグフレーションに陥《おちい》っていました。若者が反乱を起こして、イタリアではモロ元首相誘拐殺害事件が起こり、ドイツでは赤軍派が跋扈《ばっこ》していました。日本でも、秋葉原の無差別殺傷事件のようなかたちでぽつぽつと犯罪が起きるんじゃないか。

五木　でも、そういう不安の時代にこそ、人間は「個人」を再発見することになるかもしれません。平安末期から鎌倉時代に飢饉《ききん》が続いて何万人も死者が出た時、人々は身分に関係なく、自分の心の闇を見つめるようになった。当時、人々を導いた法然《ほうねん》、親鸞たちは「個人の発見」を説いたのですから。

今を考えると、人々は、自分がどう生きて、どう死んでいくかをあらためて発見せざるをえない。そしてそこで、個人の間から新しいネイションや組織の芽が生まれてくるのではないかという気がしてならないのですが。

姜　僕は、これまで目を背《そむ》けていた面を見るようになると思っています。

五木　そうですね。これからの明るい話題をひとつ言えば、いろんな関心の中心点が変わってくるかもしれない。これまで医学の辺縁にあった精神医学、免疫学、公衆衛生などが、新しい光を浴びるはずです。心の病にしても、メディアでもアートの世界でも、その多くにおいて権力移行の季節が来たという意味では、おもしろい時代だと思います。

姜　なるほど。経済の成長だけで言うと良いことがなさそうに見えますけれど、そこだけに光を見いだす思考自体が、変わらなきゃいけないということなんですね。

見えない戦争の時代を生きる

五木　今は、明日がわからない時代だといわれています。

一方には「日本経済はギリシャ化する」という意見がある。つまりやがてハイパーインフレが来て、円が紙くずになるという絶望的な説です。

その一方で、「日本はギリシャ化しない」という強気な意見も出てきた。日本は多額の国家資産、国民資産がある。国債ももっとどんどん発行していいのだ、と。そうしたまったく相反する議論があるなかで、多くの日本人は「どうすればいいのか」と戸惑い、判断停止の状態が広がっているのでしょう。

姜　ええ。自殺の相談にかかわっている僕の知り合いが言っていたのは、みんな、見たくないものを見ようとしていない、ということです。

五木　いわゆる鬱病の前期の症状を呈する人が一千万人に達したと専門誌に出ていました。向精神薬の売り上げも急増しています。日本人が一億総鬱状態になっていくような気配がありますね。

　日本では二〇〇九年まで十二年連続で自殺者が三万人を超えました。たぶん十三年連続になるのではないでしょうか。

　ベトナム戦争を考えてみると、一九六〇年から十数年間続いた戦争で、亡くなったアメリカの軍関係者は六万数千人と発表されています。日本では、機関銃や空襲にさらされているわけでもなく、平和で物があふれているのに、わずか二年でベトナム戦争を上回る死者を、一般市民から出しているのは驚くべきことではないでしょうか。

姜　実態はもっとひどいでしょう。公表されている自殺者数は、警察が定義した「自殺」にあてはまる人であって、じつはもっと多いということを耳にしたことがあります。

五木　そのとおり。さらに大きな問題になりつつあるのは、自殺した人の家族や近親者への差別が生まれていることです。子供が学校で親の自殺をからかわれて転校せざるをえなかったりなど、本来はあってはならない、就職の内定が取り消されたり、縁談が壊れたりすることもあります。毎年三万人を超える自殺者の背景に、新しい差別が生まれつつある。これはとても大きな問題ですよね。

姜　政治家も一般の市民も、大変なことだということを、まだ受け止められてないのではないかと思います。

五木　ええ。われわれは今、平和に生きているのではなく、ホット・ウォー、コールド・ウォーに続く、見えない戦争、「インビジブル・ウォー」という心の戦争の真っただ中に生きているのだと思うのです。

姜　まったく同感です。心の戦争で、戦死者が増え続けています。

五木　政府も自殺対策に予算措置をして、自殺と鬱病との関連に注目してきてはいますが、今のような時代に鬱を感じる人は、決して病的ではない。感性がやわらかいナイーブな人ほど、鬱を感じて当然だと思いますね。

姜　おそらく、二〇一一年も状況はもっと悪くなるのではないでしょうか。経済指標も良くありません。だから、成長志向ではなくて、成長がなくても生きていける、という方向に発想を変えなければいけない。

　こういう時代に、政治とか法律とか情報とか、そういう学問の力というのはほとんど萎《な》えてしまっているように思うのです。肝心要《かんじんかなめ》の「どう生きたらいいのか」という問題への答えを、研究者はほとんど提示できていません。僕は、こういう時代こそ、文学が果たす力は大きいと思うのです。

なぜ小説を書くのか

五木　そういう思いもあって、姜さんは小説『母―オモニ―』（集英社／二〇一〇年）を書かれたんですね。今、「孤独死」が問題になっており、NHKの孤独死をテーマにした番組に大きな反響があったそうです。人間の絆《きずな》というものをみんながふり返ってみる時期になったのかなと小説を読んで思いました。

小説で母親を書くのは、すごく難しいです。僕にはとてもまだ母親の生涯について書く勇気はありません。姜さんはよく思いきってお書きになりましたね。

姜　五木さんに言われると、恥ずかしい限りです。

五木　あの作品は、母親の死の知らせからはじまって、最後、母の故郷の海を眺めるところで終わるという、きちっと出来た小説だと思います。お書きになっていかがでしたか。

姜　母親はまったく字が書けませんでしたから、手紙のやり取りひとつありません。手紙でしか言えないようなことを言い交わさずに終わったことに、後悔がありました。

僕の故郷の熊本にも新幹線が通って、生まれた場所はアスファルトの下になってしまった。それが寂しくて、母の死後五年も経つから、自分の思いを書いてみようと思ったんです。

五木　ある意味での鎮魂《ちんこん》の作品かもしれない。

姜　そうですね。

五木　僕らは戦争中から敗戦、そして朝鮮戦争を経て、今日までを現代史として自分の眼で見てきているわけですけども、姜さんの作品は、それを内側から、自分の体験から人間の実像を描くことでありありと実感させてくれるという、非常に貴重な小説だと思います。

小説というのは、特別な人が技巧と才能をもって書くのではなくて、語るべき内容をもつ人こそが、小説というかたちをとって表現をしていくものなのだとあらためて感じました。「なぜそれを書くのか」というモチベーション（動機）にこそ、小説の決定的に重要な部分がある気がするんです。そこが、今度の姜さんの作品が人々を惹《ひ》きつけているところなのでしょうね。

姜　五木さんが小説を書こうと思われたのは、いつ頃からですか。

五木　恥ずかしながら、僕は非常に早熟な少年で、中学三年の時に「グレープ」という同人誌に、ユーモア小説のようなものを書いたことがあります。高校では新聞部で連載小説を書いていました。

姜　当時から、小説家になるという志《こころざし》は強かったのですか。

五木　小説家になりたいという気持ちはそう強くありませんでしたが、ともかく本が好きでしたね。両親とも教師で、父は図書館の管理もしていたんです。図書館と自分の住まいが棟《むね》続きのため、ドアひとつ開ければ図書館に入れるという環境だったので、深夜に無断で図書館に侵入して本を読んだりしていました。

戦争中ですし、父親は皇道哲学者でしたから、「男は小説なんか読んでちゃだめだ。立派な軍人になれんぞ！」と叱られたんですけど、夜中にこっそり隠れて読んでましたね。

姜　典型的な九州男児といった感じのお父様ですね。

五木　ええ。一方で、母はオルガンを弾くのが上手で、戦争中でも北原白秋の叙情歌をうたい、モーパッサンやパール・バックを愛読するという、硬軟相反する夫婦でした。両方の影響を受けたと思うのですが、母の影響のほうが大きかったかもしれません。文弱の徒に育ってしまったのですから（笑）。

姜　本の世界の中で、外部からは侵されない自分だけの世界をつくっていらしたのですか。

五木　そうですね。物心ついた時は、父が普通学校の校長として赴任した朝鮮の全羅道《チョルラド》にいましたが、日本人は交番の家族と私たちだけでした。普通学校というのは朝鮮人だけの学校です。僕にとっての故郷といえば、全羅道の山や川が思い浮かびます。

当時、朝鮮では日本語が強制されていたのですが、実際には現地の寒村ではほとんど朝鮮語で、私もカタコトの朝鮮語をおぼえて村の子と遊んでいました。ですから、小学校入学時にソウルに移って、周りが日本人ばかりになった時は、逆に孤立しましたね。

でも、朝鮮の人たちから見ると僕はあくまで支配民族の一員です。二股《ふたまた》に引き裂かれたような具合になりそうになるとまた、本を読むしかないという少年時代でした。

姜　そういう経緯があって、本の世界にのめりこんだのですね。

僕は熊本で、日本名の「永野鉄男《ながのてつお》」として生まれ育ちました。野球ばかりやっていたのですが、中学の終わり頃に軽い吃音になって引っこみ思案になり、高校二年ぐらいから学校に通うのも嫌になり、引きこもり状態が続いて……。その時には、ふだん本を読まない父親が、文学全集やさまざまな本を集めてくれていて、それらを乱読していました。心の渇きがそうさせたのでしょうね。

　一方で、五、六歳までの頃の熊本の印象は強く残っています。記憶は定かでないし、小説に書いた母親の言動は僕の思いこみかもしれませんが。

五木　そうだなあ。人間に一生つきまとうのは、幼年期の記憶ではないかと思いますね。戦後、何度か平壌《ピョンヤン》に行ってみないか、と仕事で誘われましたが、ずっと断ってきたのです。今の平壌の姿は、自分のかつてのイメージと全然違うだろうと感じましたから。室生《むろう》犀星《さいせい》の「ふるさとは遠きにありて思ふもの」ということばは、故郷の人々とのしがらみというだけではなくて、自分の記憶の中の幻像を壊したくない、という気持ちもあるのでしょう。

姜　そうですね。僕はなまじっか熊本に帰れるので、生まれた場所がすっかり変わってしまったのを見てしまったわけですから。

五木　姜さんの小説では、ご両親が終戦後に貧しさから逃れるために熊本に移住して、苦労を重ねて商売を成功させた道のりが書かれていますね。日本の敗戦は朝鮮にとっては祖国が独立した光り輝く日であるのに、その後、戦勝国であるはずの国の民が、日本でいかに苦労したかがわかって、とても興味深かったです。

姜　そうでしたか。

五木　引き揚げや敗戦の体験は、百人百様なんですね。そこには言語に絶する苦痛があり、生き残ってきたという後ろめたさがある。これはもう普通、話せないし、書けない。この語られざる民衆の体験というのは、やっぱり小説というかたちをとりながら語るしかないのでしょうか。

姜　そうですね。

小説家としての原点

五木　今子供の頃の話をしていたら、自分が小説家になったきっかけを思い出しました。

姜　ぜひお聞かせください。

五木　全羅道の寒村にいた幼い頃のことですが、街道筋の松林の前に人だかりがしていたのです。犬もいる、おじさんもいる、チゲ（鍋）を背負った農民もいる。

その真ん中で、絵巻物を広げたおじいさんが煙管《キセル》を持ちながらページをめくりつつ、声高らかに物語を読んでいました。たぶん「春香伝」（朝鮮の身分を超えた恋愛物語）みたいな古い話だったと思います。話の途中で若い娘が地主から手込めにあいそうになったりすると、周囲から「アイゴー！」って声がかかったりして、すごく盛り上がってたんですよ。

夏の烈日の日ざしの中でしたから、そこに豆腐《とうふ》売りが通りかかると、話をいったん中断して、みんなそれぞれ豆腐を買って、手にのせて食べながらまた話を聞くわけです。朝鮮の豆腐は固いんです。

その時に、僕は話をしているおじいさんが本当にうらやましかった。おもしろい話をして、集まった人を一喜一憂させる。ヒーローが出てきて美女の危機を救うくだりになると、みんなが手を打って喜ぶ。時に涙し、時に興奮する。それを見て、ああいう人間になりたいな、物語を話してみんなを楽しませる側にいたい、という気持ちがその時生まれた気がします。この体験が小説を書くようになった原点だと思いますね。

姜　そうでしたか。そうした経験がきっかけで、小説はエンターテインメント的な要素がなければ、という意識を持たれたのですか。

五木　必ずそうでなければならない、ということではないと思いますけど。ただ、小説のタイプにふたつはないという主張もありますが、僕はそうは思いません。農村の田楽や神楽から、多くの人々を魅了する「歌舞伎」と、徹底的に芸を洗練させる「能」が分化していったように、純文学と大衆文学は区別されるのが自然だと思っています。その中で、僕は、あの話をするおじいさんのように人を楽しませる仕事をしたいと願っていたのです。

姜　それぞれの役割があるというわけですね。

五木　今、その境界が曖昧《あいまい》になってきていることは、逆に文芸の衰弱ではないかなと思います。僕は純文学を尊敬していますし、純文学の作品は丁寧《ていねい》に読みますが、基本的に自分がめざす方向は違うと思っています。俗といわれる大乗仏教と純粋な上座部仏教みたいなものかもしれません。

姜　今日は五木さんの小説家としての出発点が全羅道の村にあったことをお聞きできてとても良かったです。僕は単なる好事家《ディレッタント》ですが、ものを書いて何十年もやってこられた五木さんのモチベーションの原点を垣間《かいま》見ることができた気がします。

五木　小説家が年をとって作品を書かなくなったり書けなくなったりするのは、これを書かずには死ねない、といったモチベーションが枯れてゆくからでしょうね。これまでいろんな文学賞の選考に携わってきましたが、大きな賞の選考委員はやめても、新人賞の選考だけは続けていこうと思ってる。

姜　それはなぜですか。

五木　たとえ文章が粗くて小説の構成に破綻《はたん》があったとしても、新人の作品はやっぱりおもしろい。新しい時代の風に触れることのできる、非常に稀有《けう》な機会ですし。これを書きたい、という強い情熱がひとつひとつの作品にとてもこもっていますから。

姜　まさに強いモチベーションがあるわけですね。二〇一〇年に、文学賞の選評集（『僕が出会った作家と作品　五木寛之選評集』東京書籍）を出版されましたね。

五木　九州芸術祭文学賞という文学賞で選考委員を務めて四十数年になるので、そのひと区切りとしてまとめました。それから、当時の自分の作品評価が正しかったかどうかをあらためて検証してみたいと思ったんです。

姜　読み返していかがでしたか。

五木　最近の小説では、家族や一族の絆といった人間関係を回復させようという傾向が非常に強く出てきていますね。同時に、思い出を語るということが以前のように後ろ向きの仕事ではなくなってきていると感じました。
歴史というのは思い出を数値化して記録したものであって、姜さんの育った集落の平均所得や男女比、年齢層などを数値化したところで、姜さんの生まれ育った場所のすべてを表現することなどかなわない。

姜　ええ。僕が、一九七一年に初めてソウルに行って漢江《ハンガン》を渡った時、かつて自分がいた熊本の集落の巨大な塊のような光景が眼前に広がっていたのです。街の中に入ると、ムッとするような糞尿混じりの匂い、子供たちの歓声、野犬の声……そういうものって、数値化した記録では表せない。物語によってしか表せないと思いました。

五木　物語でしか表現できないものというのは、あるんですね。小説の黄金時代は、十九世紀末で終わっているかもしれません。しかし、残光の中で洗練されて、多様性を獲得していくのだと考えれば、それは悪いことではない。
僕は、今小説を書くということは非常に古いスタイルの表現形態にこだわっているのだと、自覚してやっています。あまのじゃくな性格で、テレビや新聞も古い、電子出版の時代だとか言われると、なおさら逆らってみたくなる性分なものですから（笑）。

姜　こういう時代だからこそ、小説の中に、どう生きるべきかという答えを探せるのかもしれませんね。

第Ⅱ部　無力《むりき》＝パワーレスパワー

東日本大震災の空気

五木　年が暮れようとしているこの時期にあらためて思うのですが、今日本列島全体を雲の傘が覆《おお》っているような、何ともいえない暗い色の空気が頭上にあるような感じがするんですよ。具体的に何がどうというより、日本人全部の心に一種のバイアスがかかっている。

姜　ああ、その感じ、わかります。

五木　暖かい部屋で家族で鍋を囲んで、「ああ、今日の食事はおいしいな」と思った瞬間にも、「今この時も避難先で、おむすびひとつで寒さに震えている人がいるかもしれない。こんなことでいいんだろうか」とつい考えてしまう。そうすると気持ちが自然に鬱になってくるでしょう。これがずっと続いているわけですね。

私はそれを「心の津波」と呼んでいますが、今回の災害で被害を受けた方たちは大変な苦しみを味わっている、それだけではなくて、日本国民皆がある種の「心の津波」に襲われているのではないか。どんなに明るくふるまっていても沈鬱な気持ちが漂っているようだ。

人間らしい、共感共苦の感情を持ちあわせている人ほどその傾向が強くて、それがずっと持続することで精神的な疲労が重なって、ある種の鬱の状態が国民全体に広がっているような気がします。姜さんはどう思われますか。


姜　まったくそのとおりです。私はこれまでにないほど、自分でも意外なほどの精神的なダメージを受けました。

僕たち九州の人間には、どうしても東北はメンタルな意味でかなり遠い存在でした。若い時はとくにそれが顕著で、岩手とか福島という土地が実感としてよくわからなかったというのが正直なところでした。

それが今回、福島という土地の存在が、ずしんと自分の胸に重くのしかかってきた。その時に感じたのは、ああ、これがこれまで五木さんと対談で話してきた「鬱」というものなんだと。

　でも、五木さんが常々おっしゃっていたのは、鬱は鬱でも現代の鬱は、鬱蒼《うっそう》たる森というゾーンに流れる濃縮された時間のことだと。

五木　鬱というのは、本来、自然生成のエネルギーですから。

姜　そうですね。そういうふうにまた新しいものに再生していければいいとは思うのです。

　僕は福島県の飯舘《いいたて》村や浪江《なみえ》町など、三回ほど被災地に入りました。五木さんが書かれた『親鸞』（講談社／二〇一〇年）の舞台である洛中のような状況で、現実がまるで親鸞の時代に近づいてきたような感じがしました。私にとっては物心ついて以来、未曾有《みぞう》の出来事だったのですが、五木さんの立場からご覧になっていかがですか？

五木　じつは僕にとってあの被災地の光景は、歴史上の記憶として三度目の感覚なのです。歴史のデジャヴュというのか。

　ひとつは平安時代末期から鎌倉時代にかけての大きな政権交代の時期ですね。経済的破綻、天災と疫病の流行と内乱、この中で、日本列島が非常事態に陥っていた時代のことがまず頭に浮かびました。

京の河原に投げ捨てられた死体が山のように積み重なっている。大雨が降ると、その残された遺体が下流に流される。そんな時代と重なって見えたのです。あれが「非常」、常に非ず、ということなんでしょう。

姜　やはりあの十二世紀、十三世紀というのは、そういう時代だったのですね。

五木　『方丈記』や『明月記』に描かれていますが、まさに未曾有の時代だった。天災、人災がひとつの時代に重なって起こるという現象は、歴史の皮肉としか言えません。優雅な王朝政権からパワフルな鎌倉政権に移行していく時に、内乱や政権闘争が繰り返される。その後も日本列島は繰り返し地震、津波、飢餓《きが》、疫病《えきびょう》、大火などに襲われました。

そして二番目の記憶は、十三歳で迎えた敗戦です。あの時は「国破れて山河あり」という、そういう印象だったのです。

三番目が今度の東日本大震災。ところが今感じているのは、なぜか逆に「山河破れて国あり」という感覚なんですね。故郷の山、川、森、緑というものが汚染し尽くされて、山河はまさに破れた、しかし、それにもかかわらず透かして見えるのは、国家の力だ、と。厳然とした支配構造の強化であるという印象が強いのです。

姜　僕もそう思います。今回、二万人近い死者・行方不明者を出して、多くの国民は、「このままでいいんだろうか」という気持ち、日本列島がいつまた同じような災害に見舞われるかもしれないという、切実な不安を覚えるようになってしまったのではないかと思うのです。

大きな災害の中で、「あの人たちは生き残ったけれども、どうして自分の家族は死んでしまったのだろうか」、「なんで自分がこんな目にあわなければいけないのか」と考えることもあると思います。そんな時、五木さんの『親鸞』や『天命』（東京書籍／二〇〇五年）を読みながら、人間の「救い」というものについて思いを馳せたりもします。

「十悪、五逆、悪をなしてきた人さえ救われる」という。

あるいは、八月十五日の終戦後、戦地から帰ってきた若者たちは、こんな感慨にとらわれたのではないでしょうか。「自分は生き残った。なぜ彼らは死んだのだろうか」と。

五木　中国の古いことばに「善《よ》き者は逝《ゆ》く」というのがあるそうです。

たとえば、戦争中の話ですが、海で船が撃沈されて救命ボートにやっととひとり乗れるという時に、泳いでいる何人かの中で、「お先にどうぞ」と言った人間は死んでしまったと言います。ボートの縁《ふち》につかまった兵士の手を将校が軍刀で叩き切ったという話もありますが、そういうふうに生き延びてきた人間は全部、ある意味でどうしようもない「悪」を抱えて生きてきたような気がしてならない。

姜　うーん……。

五木　今の世の中では、「悪」ということばが非常にどす黒く、ダーティーなものに感じられますけども、悪ということばには「強い」という意味もあるんです。エゴが強く、人を押し退《の》けてでも前に出るというエネルギーに満ちた人間は生き残れるけれども、心優しく、人を先に立てるような人は生きて帰ってこられない。それが非常時なのかもしれません。

姜　そして残されたものは生を全《まっと》うしなければいけないということでしょうね。

五木　私たちは、戦後の高度経済成長をなしとげて、青い鳥をつかまえたと思った時期がありました。しかし、その後に今度のような大きな出来事が次々と起こると、「そうか、やっぱり青い鳥は逃げていったのか……」と思わざるをえないかもしれない。それでもみんな「幸福」というものを一生懸命求めているでしょう。今、日本人全体が求めているものは、国家の再建というよりは、やっぱり幸福という漠とした思いのような気がするのですが。

浄土と希望

姜　被災地のある方が話していました。三月十一日は、とても天気が良く、その夜は星がまたたいていたそうです。星空を見上げて、どうしてこんなに美しい星空のもとで人が死んでいくのだろうとその人は思ったそうです。

人生の末期《まつご》に何を見るかと考えた時に、私は仏教で言う「来迎引接《らいごういんじょう》」ということばが思い浮かびました。

五木　法然は、人は臨終の時に仏の来迎によって浄土に迎えられる、すべての人は差別なく、死んだら必ず浄土というすばらしい世界へ行くんだよ、と教えたわけですね。

一方親鸞は、生きているうちに、死んだら必ず光の国に行くということがはっきり信じられた瞬間に、人は生きながら救われる、と考えた。ですから、死ぬ前、「臨終を待たず」と言っている。自分は死んだら地獄へ行くしかないと怯《おび》えて生きていた人が、「自分は光の国に迎えられるんだ」と確信できた瞬間に、心が明るくなって、昨日の自分と決別し、そこで一度死んで、生まれ変わるということを言っているのでしょうか。

ですから、現世において人は確実な信というか、希望をつかんだ瞬間に救われる。死ぬことを待つことはない、と言い切っているのが、親鸞という人のすごいところなのでしょうね。

姜　僕は以前、本の中で、自分は郷土を愛する愛郷主義者で、国家主義者ではないと書きました。故郷の熊本が好きですし、九州も大好きだと言ってきました。被災地の方の多くもきっとそうだったでしょう。でも、今の状況はその故郷が山河破れて、完全に除染もできない状態になってしまっている。こういう中で極楽浄土、浄土というものがもしあるとしたらですが、そこはどこなのでしょう。

拙著『あなたは誰？　私はここにいる』（集英社／二〇一一年）の中で、ミレーや与謝蕪《よさぶ》村《そん》の描いた絵画は、もしかしたらある種の浄土かもしれないと書きました。果たして浄土というのはどこにあるのでしょう。見える人には見えるし、見えない人には見えないといえばそれまでですが。

五木　浄土というのは、私の勝手な解釈では、ひと口でいうと「希望」ということだろうと思います。

親鸞は仏というものは本当は形もない、色もない、そういう存在だと言っています。

ですから、木像よりは絵像、絵像よりは名号が仏に近いというわけですね。つまり、だれにでも親しみやすいように形をつくって、絵に描いたり、木像をつくったりしてそれを拝んだりするけれども、本来それは「光」だと言っているのです。

姜　光ですか。

五木　はい。「阿弥陀」というのはサンスクリットの「アミターバ」、「アミターユス」、つまり無限の光だと。無量光仏、闇を照らす光、すなわち真の希望だというのですね。ですから、宗教というのは、アウシュビッツの収容所のような極限状態の中でも人に希望を与える、そういう力だととらえていいんじゃないでしょうか。

姜　極限状態の中で……。今回、こうした事態に直面した時に、無常観のような気持ちでやりすごすか、あるいはこれは単なるアクシデントであって、また元に戻れるのだと納得するのか、あるいはそのどちらでもなく、ただ無関心になり、また無感動になってゆくのか。いくつかのケースがあると思いますが、五木さんがおっしゃった「山河破れて国あり」では、このままいくと、山河は破れ、ただし国だけが肥大化してしまうといういびつな状態になってしまうかもしれません。

五木　そうですね。たとえば震災の補償金にしても、中小企業の産業復興のための資金にしても、手続きが面倒だとか、複雑な書類が必要だとか、認定の仕方がどうだとかといって、なかなかお金が出ないといいます。

そんなことを考えると、今僕たちは日常の経済生活から情報産業に至るまで、どれほど国の体制の中で、がんじがらめになって生きているかということがよくわかります。

記憶の再生と強化を

五木　僕は震災以来、申し訳ないのですが、福島をはじめとして被災地には行ってないのです。しかし、もしも命があったら十年後には必ず行こうと思っている。いずれ、被災地のことは敗戦の時と同じように、やがて忘れられる時がくる。あるいはかつての公害の問題と同じように、ほとんど関心もなくなる日が来るのかもしれない。日本人というのはそういう国民なんじゃないか。すでにもうそうなりかけているようにも感じます。
そういう自戒の気持ちがあって、今何としても被災地に駆けつけなければ、という気持ちを抑えに抑えて、今日まで来たんですね。十年後には必ず行く、と。
姜　今回の大震災も、これから数年もすれば、あたかもそれがなかったかのように忘れ去られてしまうということだけは避けてほしいと思うのです。でも、それはもしかしたら儚《はかな》い願いかなと思う時もあったり。むしろもっと悪くなっているのじゃないかという予感もするんです。

五木　記憶の再生と記憶の強化というものが、これから非常に大事だと思います。記憶を大切にすること。記録と記憶と両方がありますけども、今度の大災害の記憶はおそろしく広く、深い。これまでに起こった災害にしても同じです。その記憶を呼び起こす、記憶再起力といいますか、そういうものを持続してゆくことが私たちの課題でしょう。「無常」ということでいえば、これまで記憶を絶えず消すことによって、仮の希望を抱いてきたということかもしれません。

　安易に復興といっても、これはなかなか大変でしょうね。今度の震災は、百年、二百年、五百年経っても語り継がれるような、そういう出来事としてわれわれは記憶しなければならないと思います。二〇一一年の東北の災害を自分の中で確かめ、その記憶を呼び覚ますという持続した努力を続けなければ、と自分に言い聞かせているところですが。

姜　僕は持続してほしいと思います。

五木　振り返ってみると、戦争の記憶、戦後の記憶さえも、今、もうほとんど持続していませんから。

姜　でも、やっぱり生きている限り希望はあると思いたい。

五木　ええ。何とかして、その希望の見つかる年にしたいという気持ちはありますね。

姜　そうですね。僕もそう願っています。

「二者択一」ではない世界

五木　震災後、日本には沈鬱《ちんうつ》な気持ちが漂っていましたが、安倍さんが政権に返り咲いた後は、アベノミクスの成長戦略も盛り上がって、また日本全体がプラス思考というか、「強い国」をめざそうと活気づいているとも感じるのですが。

姜　ええ、そうですね。

五木　そういう時代だからでしょうか、何か問題が起きると「黒か白か」をハッキリさせて、ラベルを貼りたがる傾向がでてきた。

姜　そうですね。僕がテレビのディベート番組に出ていた時もそうでしたが、九・一一以降はとくにそう感じます。とにかくその問題の答えが白か黒か、イエスかノーか、

「あなたはどっちなんだ?」という、個人の判断を二択で求める。敵か味方かと聞かれているようで、非常に息苦しさを感じます。

五木 地方へ講演などに行くと、「反原発ですか? それとも原発支持派ですか?」と、正面きって聞いてくる人もいる。「ちょっとひと言では……」とか言ってことばを濁すわけだけど(笑)。

姜 論理学で言えば、XはAか非Aかのどちらかであって、Aでも非Aでもないことなどありえないとする排中律の原則が支配し、この列島に生きる人々を、日本か「非日本」か、どちらかにふり分けようとする見えない圧力が働いているように感じられます。

五木 今われわれが直面しているのは、決して簡単に右か左かで答えが出るような問題ではないのですけどね。

姜 ええ。しかしおっしゃるとおり、二者択一の世界でしか生きられない人々が増えている気がします。憲法や自衛権をどうするのか、韓国や北朝鮮、中国とどう向き合うのか、あらゆる問題が二分法で考えられている。しかしそんな時代だからこそ、白か黒かではない場所に答えがあるのではないかと考えてみることに意味があると思うのですが。

五木 僕は一九六〇年代に、当時は中間小説と言われたジャンルで作家のスタートをしました。純文学誌として「群像」「新潮」「文學界」などがあり、対極に「講談倶楽部」のような庶民的な大衆小説誌があった。中間小説はそのどっちともつかないというので蔑視されていたんですね。そこで僕は「鵺《ぬえ》になろう」とひそかに思った。鵺というのは鳥でもなく獣でもなく、得体のしれない空想上の生物です。どちらかに軸足をのせるのではなく、あえて奇妙な「鵺的」であろう、と。今の時代、ふたたびそういう鵺的な考えが必要かもしれません。

姜　そうですね。中間と言えば、政治学でも、最近デモクラシーの関連で問題になってきているんです。もっとも大切な概念で、もっとも復権しなくてはいけないのは「中間集団」であると。

中間集団とは一八三〇年代にフランスのトクヴィルが『アメリカのデモクラシー』で書いていることですが、国家と個人の間をつなぐ、昔であれば教会とかサークル、それから、さまざまなアソシエーションですね。そういった存在がなくなると、民主主義を極端なものにしてしまうと。世界中でトクヴィルを読み直そうというトクヴィル・ルネサンスが起こっています。

五木　なるほど。

姜　日本もそういった中間集団の再建が必要かもしれませんね。
「中間」ということばは、今の時代のキーワードのひとつかもしれないですね。オバマ政権が国民皆保険制度をやろうとしていますが、あれも考えてみれば「中間」です。アメリカ型社会民主主義、つまり完全な自由競争もだめだけど国家資本主義もだめで、その中間の何かが必要ではないか、ということでしょう。もちろん、単純な中間ということではありませんが。

五木　かつての冷戦構造の中で対立的だったものが、今は社会主義的資本主義、国家主義的資本主義という非常に相矛盾した状況になってきた。

姜　そうですね。

五木　中間とか中庸ということばは、過不足がない平均的な感じがして、曖昧《あいまい》に思われるかもしれないですが、本来は鵺的なものも含む、とてもダイナミックなものなんです。

姜　本当にそう思います。若い時に中庸とか、中道というと機会主義者《オポチュニスト》（あるいは日和見主義者）みたいな感じがしましたが、儒教など本来の意味ではそうではありませんよね。

五木　ええ、中庸というのはハーフじゃないし、折衷《せっちゅう》でもない。そこを理解するのが難しい。

姜　五木さんの『無力――MURIKI』（新潮社／二〇一三年）も、まさにそういったことをおっしゃっていました。そもそも、自力、他力ではなく、無力《むりき》というのは初めて聞いたことばです。

五木　僕は他力という、目に見えない自分以外の大きな力が自分を支えているという思想を、とても大事に思ってきました。しかし、自力では無理だから他力にすべてを預《あず》ける、という境地にはどうしても入れない自分もいる。

「自他一如《じたいちにょ》」という言いかたがありますが、それだと自力と他力の両方を融合したような感じがしてしまうんです。そうではなくて、分子が左右にブレながら動くように、自力と他力の間で揺れながら生きる、不安定な感覚を、「無力」と考えてみてはどうだろうと思ったのです。

姜　なるほど。

五木　親鸞は「非僧非俗《ひそうひぞく》」と言うのです。僧にあらず、俗にあらず。その意味を、「半分は僧侶で半分は俗人である」という折衷した意味だと解釈する人が多い。僕は、僧と俗の間を大胆に揺れ動いて、悩みながら生きてゆく、そんな非常に動的な意味だととらえています。

姜　そのとおりでしょうね。

五木　「親鸞の思想とはどういうものですか？」と聞かれることも多いのですが、親鸞の思想も生涯のうちに変わってゆきました。ひと言では言い表せませんよね。人間は常に変わってゆく。法然だってそう。代表的なある時期の思想をひとくくりにして表現しますけれども、われわれは皆年齢や体験とともに心も変わるものです。

そんなブレたり揺れたりする自分を否定するのではなく、動的に受け入れることが必要ではないかと思います。

家族の死における無力と慈悲

姜　僕も、六十歳近くになって息子を亡くすという個人的な体験があり、そのことがあって、小説『心』（集英社／二〇一三年）を書きました。正直、どういうふうに書いていいか悩みました。でも『無力』を読んで、五木さんがおっしゃっていることとどこか通じるものがあるな、と思いました。白黒を争うのではなく、中庸という、力ではない力を考えると言いますか。

五木　姜さんのお仕事は『悩む力』から新作『心』まで、一貫して自分の中の自意識との葛藤を描いてこられた。

姜　ええ、そうかもしれません。

五木　読む人は、おそらく教えとして読むのではなく、ドキュメントとして、ひとりの知識人の悩みに触れている感覚なのでしょう。そして、生きるということはこんなに大変なんだ、悩み苦しむものなのだ、ということを知って、励まされる。かつて漱石もそういうふうに読まれたのだろうけど。

姜　息子が死んだことであらためて感じたのですが、白か黒かということよりは、白も黒も含めて、起きてしまったことを受け止めるしか仕方がない、と思うようになりました。前はなかなかそういう考えかたは持てなかったのですけど、白か黒かの世界では人は救われません。

五木　救われるかどうか、ですか。僕が姜さんの『続・悩む力』（集英社／二〇一二年）を読んで、興味深かったのは、「二度生まれ」、トワイス・ボーンということばです。これは仏教の「回心《えしん》」にあたると思います。

姜　そうだと思います。

五木　そこで、今、親鸞が注目を集めるのは、前にも申し上げたように、人は生きながらにして生まれ変わることができる、と説いたことだと思います。
　哲学者の西田幾多郎は最後の論文「場所的論理と宗教的世界観」で、「人生の悲哀も回心のきっかけになり得るのでは」ということを言っています。人生の悲哀とは、自分に降りかかってきた家族や組織などの苛烈《かれつ》な問題に、運命として直面する時のことでしょう。
「人生の悲哀」とはまことに生々しい。二十代の文学青年でも気恥ずかしくなるような情緒的なことばですけれども、西田幾多郎が言うように、それも非常に重要なことだと思うのです。
姜　今、五木さんがおっしゃった悲哀……私も子供を亡くした時は、自分の体を悲哀の風が通り抜けていくような感じでした。おなかから力が抜けてしまって。でも今の時代はまるでそれを病理学的な現象のように見がちです。
五木　『心』を読んで、その感覚がひしひしと伝わってきました。
姜　そしてもっとひどくなる。場合によっては薬物を処方されて、依存せざるをえない状況にもなります。

五木　悲しみや思想は、鬱病の前駆症状として治療の対象とされるような時代ですから。

姜　ええ。でも五木さんがおっしゃる無力と悲哀。これが生きかたの根幹にあると、ものの見かたや考えかたもかなり変わると思います。

五木　だからこそマイナス思考も大切なのです。これはいくら言っても、プラス思考礼賛がこの世の大勢なので、理解され難いんですよね。

姜　この無力ということばは、漱石が言いたかったことを的確に言い表しているのかもしれない。だから僕も読んでいて、とても胸に響きました。

五木　夏目漱石は「閑愁尽くる処、暗愁生ず」ということばを使っていますね。「明治の知識人はみんな憂鬱だった」、と言う人もいますが、確かにそうかもしれません。

姜　ええ。やっぱり彼は明治国家というものに対して、どこか息苦しさを感じていたのじゃないかと思います。

ビニール質の思想

姜　明治時代に、アジアのナショナリズムがどうしてこんなに強くなったのかと考えると、ひとつには、明治国家になって大きく社会の体制が変わったということがあります。

五木 そうでしょうね。

姜 それまではそれこそ鵺的に生きられた世界だったのに、明治国家になって、こちら側かあちら側かという、非常に縛りの強い思考を世間が持つようになった。それが朝鮮や台湾、中国にも伝播《でんぱ》した。民族主義というかたちでね。そうなることを、漱石は気づいていたんじゃないかと思うのです。

五木 おっしゃるように、漱石とか荷風とか、海外経験のある人たちにとってみると、明治の近代化というのは「涙を呑んで上滑りに滑って行く」以外にはないのだろうという、絶望感や諦念がある。

姜 戦争ばかりの時代だったですしね。

五木 同じ時代を啄木は「時代閉塞《へいそく》の現状」と呼びましたが、今まさにそういう感じがします。戦後、非常に長い時間続いた自由放任の時間が過ぎて、少しずつその閉塞感に覆われてきている感じがある。そこで人々は悩まざるをえないし、その中で去就《きょしゅう》を決めなくてはならない。

姜 ええ。僕はこの「無力」ということばを見て、「無力の政治学」もありえるんじゃゃないかと思いました。政治学の根本にあるものは、デモクラシーとか人権、権力、それから国家とか主権とか、全部が白か黒かの世界なんですね。その中で人間のありかたをすべて説明しようとするからおかしなことになる。

五木　そうですね。

姜　必ずしも東洋思想だけではなくて、ヨーロッパにも無力の政治学に通じる人はいたと思います。力では勝てない、もしくは力ではない何かを求めようとすると普通は非暴力になるのでしょうけど、それとも違う。

「無力」は和製英語的かもしれませんが、「パワーレスパワー」とでも訳したらいいのでしょうか。

五木　何と言うのでしょう。よくハードパワーとソフトパワーと分けるけど、そういう簡単な分けかたではないでしょう。

姜　違いますね。

五木　ソフトでありハードであるというのは、僕は昔「ビニール質の思想」ということを言ったことがあります。グニャグニャして軟らかいけど、裂こうと思っても引き裂けず、燃やしても消えない。ビニール質の思想は、一枚岩の思想よりも、強いかもしれない、と。

姜　ビニール質の思想。

五木　でも、これからますます白か黒か、敗北者か否かを迫る空気は強くなってゆくと思いますね。

姜　そう思います。

ムンクの衝撃、デューラーの問い

姜　僕はNHKの「日曜美術館」という番組の司会を二年間担当したのですが、「印象的」だったのが、印象派を取り上げると視聴率が上がって、抽象画はほとんど下がるということでした（笑）。

五木　なるほど。印象派は圧倒的に人気がありますからね。

姜　印象派と言ってもさまざまな作家やテイストがあり、理由はさまざまだとは思うのですが、個人的には、何だか少し引っかかるものを感じました。

五木　日本は定番文化が強い。絵も「この作家のこの作品」という定番があって、印象派の絵もインテリアみたいに思われてしまっているのかもしれません。
姜　そうですね。わかりやすいのかもしれません。たとえばハワイに行ったらダイヤモンドヘッドを見て安心する。美術では印象派を見て安心する……。
五木　あるいは、安らぎを美術に求めるわけでしょうか。
姜　ええ。番組で僕が「アルブレヒト・デューラーをやりましょう」と提案すると、「先生、やっぱり暗いですね」と言われる（笑）。確かにそれはそうなんですけど。だからムンクなどを取り上げようとしても、大抵はディレクターが嫌な顔をしました。
五木　「それは暗い」、と（笑）。
　でも、これだけムンクがポピュラーな国は世界中でほかにないんじゃないでしょうか。「叫び」という絵を子供たちまでが知っているというのは特異ですよ。
姜　ムンクには日本人を惹《ひ》きつける何かがあるんでしょう。五木さんはムンクの回の「日曜美術館」に出演されていましたね。
五木　ええ、ムンクの生誕百五十年で番組をつくったんです。初めに、日本でムンクが流行《はや》ったのはサイケデリックの時代ですが、僕はそのずっと前にムンクの絵に出会ってるんです。

姜　そうなんですか。

五木　日本人の海外渡航が自由化された翌年だから一九六五年ですね。一ドル＝三六〇円、闇で四〇〇円という時代でした。僕はソ連経由で北欧へ入って、ノルウェーのオスロを訪れたんです。そこで新しい美術館が出来たと話題になっており、行ってみた。それがムンク美術館で、そこで初めてムンクに出会ったのです。

入って真正面にあの「叫び」がバーンと掛かっていたのを見た時は本当に驚きました。一度見たら頭から消えないような感覚で、これはいったい何だろう、と。少なくとも僕の頭の中にあった西洋絵画の流れにムンクはなかった。

姜　その頃、五木さんご自身は中間小説というジャンルの中で彗星の如く登場した時期ですよね。どういう心境でムンクをご覧になったのでしょう。

五木　やはり、「叫び」は私自身の引き揚げの体験と重なるという思いがあったのかもしれません。

姜　引揚者の魂の叫び？

五木　しかし、それ以上に感じたのがアウシュヴィッツでした。ムンクは第一次世界大戦と第二次世界大戦の間に活躍した画家ですから、第一次世界大戦という戦場から響いてくる叫び、そしてこれから起こる悲劇を予感させるようなヨーロッパの人々の叫び……美術史家はムンクの個人的な世紀末の不安だと解説しますが、そんな抽象的なことではピンと来ない感じがします。

姜　ええ、僕もそのとおりだと思います。

五木　あるいは『はだしのゲン』（中沢啓治）に描かれた世界とも考えられる。初めて見た時から、作品から目を逸《そ》らさずにはいられない感じだったんです。

姜　やはり、「叫びだしたい」という気持ちは、もっとも自然な、一切の夾雑物《きょうざつぶつ》がないものですよね。

五木　そうですね。しかし姜さん、あの絵は叫んでいる状態ではなくて、耳を塞《ふさ》いでいる人の姿なんです。耳を押さえて天と地の間から押し寄せてくる、異様な恐ろしい叫び声を聞くまいとしている人の姿なんです。

姜　そうですね。やっぱり時代の声なき声を聞く、というのが芸術家なのですね。

五木　よく時代のカナリアと言います。これから起こるかもしれない世界の悲劇を考えて、耐えがたいものがあったのでしょう。

姜　今の日本は、地震や津波で被災した人たちの叫びが、天と地の間から響いてきている状態かもしれません。

五木　その一方でオリンピックも来るし、アベノミクスの景気回復を期待して日本全体が沸き返っている。三・一一の被災者の叫びを知りながら、耳を塞ぎ、聞きたいことだけを聞く人も多いのではないでしょうか。

姜　ええ。革命的なものを描いたアーティストたちの作品を見ていると、時代に翻弄《ほんろう》されながらも、それでも何かを伝えようという思いに満ちている。それは時代を超えて伝わりますね。

五木　そこには表現者の無意識というものも大事なんです。頭で考えた思想や意思を表現しようとするだけではなくて、たとえばロートレックみたいに、踊り子が好きでムーラン・ルージュの脂粉の香りの中にいるだけで幸せだと思う人が描いたような絵が、人にさまざまなことを考えさせる力を持つわけですから。

姜　なるほど、そうかもしれません。

五木　作家もそうかもしれませんが、どれほど「無意識の深い鉱脈」を持っているか。それが重要なことなのでしょう。

姜　僕の場合はドイツ留学中にデューラーの自画像を見て、衝撃を受けた経験を思い出します。

ドイツに留学したはいいけれど、在日ということもあって、日本に帰ってから何の職もないだろうと不安だらけでした。当時は外国籍の人間が海外に行くと、一年ごとに再入国する必要があったのです。そうしないと日本に再入国できなくなってしまう。

五木　そんな制限があったんですか。

姜　ありました。そんなこともあって在日という自分の出自や、そもそもなぜ生まれてきたのかという問いに思い悩んでいた。そんな時にギリシャ人の友人に誘われて、ミュンヘンのアルテ・ピナコテークという美術館に行った。すると五木さんのムンク体験同様、真正面にデューラーの自画像があらわれて、驚きました。そこに描かれている者の目を見ているうちに「お前は今、何をしているんだ」と、問いかけられた気がしたんです。

五木　なるほど。

姜　しかもデューラーが当時の僕とほぼ同じ年、二十八歳の時に描いた絵だという。それで自分は何をやっているんだろうと思いました。

そのショックと同時に、「それなら、自分とは何者か、を探究していけばいいじゃないか」という啓示を受けた気がしたのです。その時に生きる力が湧いてきました。これは僕が勝手に感じ取ったことですが、非常に大きな生きる支えになりました。

五木　人は芸術によって魂が触発されることがあるんですよね。

姜　本当にありますね。

美術は人間の感性を変える

五木　この美術館（大塚国際美術館）正面には、バチカン宮殿のシスティーナ礼拝堂天井画を再現したホールがありますが、そこでミケランジェロの壁画を見た後、絵を眺めていくと、印象派作品が心地良いと感じるような意識と違う、美術が人の意識を変革させるものだということが、くっきりと見えてきます。

姜　そうですね。

五木　そもそも西洋の美術は長く神の栄光を讃《たた》えるためのものでしたよね。礼拝堂のミケランジェロの天井画や壁画もそうだし、ジョットの「小鳥に説教する聖フランチェスコ」も単なる絵ではない。ラテン語が読めない一般の人に向けて、バイブル代わりに見せて伝道したわけです。

姜　ええ。印象派が生まれるまでは、そういう聖書や歴史上の人物、貴族の肖像画などがほとんどでしたね。

五木　たとえばモネは雪景色をモチーフにした絵も描いていますが、これはすごいことで、印象派以前は雪景色が絵のモチーフにされることなんてあまりありませんでした。日本人は古くから美的な感覚として雪景色を愛《め》でますが、ヨーロッパでは雪を美しいと見る感性はまずなかったと言っていい。春先のあのドロドロした雪どけの道の大変さを考えると、雪は天敵であり「けがれた自然」という感覚だったわけです。

そうして印象派が浸透していく中で雪をテーマにした作品が生まれていったことを考えると、美術の果たした役割が、人の感受性を変えていくことだとわかります。

姜　本当にそうですね。僕も美術に触れるうちに感覚が変化して、だんだんと好きなものが変わっていくのを感じます。

五木　美術は美とか安らぎを得るだけのものではありません。とくに近代とか現代の人にとって、優しいメロディーを聴いているうちに心が変化するように、無意識のうちに感性を変革してしまう強い力を持っている。

すね。

姜 おっしゃるとおりだと思います。自分の記憶や感受性、色の感覚も変わっていきますね。

昔は抽象画を見ても何の感動もなかったのですが、NHKの番組をやっている時に千葉県佐倉市の川村記念美術館でマーク・ロスコをひとりで満喫する機会があったのです。ロスコを見ているうちに、いつの間にか自分の中の何かがとけだすような感覚を覚えて、小さい頃母親に手を握られてあぜ道を一緒に歩いた時の光景が突然浮かんできた。その時初めて、抽象画は自分の記憶を引きだしてもくれるものだと知りました。

五木 なるほど。美術との出会いは人の感性も変えるし、もっと言えば人生観までも変える。ある意味で見る人の思想とか哲学と非常に深くかかわっていると言えますね。

僕は昔、テレビの仕事でバチカンのシスティーナ礼拝堂の修復作業に立ち会ったことがありました。カメラと一緒に天井のすぐそばまで行ってミケランジェロが描いた天井画を見たのですが、黒くくすんだ色に見えていた人物が、洗浄してみるとバラ色の肌をした少年だった。全体的に薄暗かった礼拝堂が驚くほど鮮やかになって、印象がガラッと変わったのです。でも過去、何百年もの間、みんなこういうものだと思って見てきたわけですから。

姜　そうですね。

五木　それで思い出したのがフランスの作家で文化相であったアンドレ・マルローです。彼は「建築物はつくられた時の姿で鑑賞される権利を持つ」と言って、石炭の煤《すす》で汚れてまっ黒だった凱旋門からノートルダム寺院までパリの街をエア・ブラシで洗って、真っ白にしました。それを見てみんな「歴史や時間の経過の味わいがなくなる」と批判したんだけど、パリが灰色から白くて軽やかな街に変化してから、エマニュエル・ウンガロとかピエール・カルダンなどカラフルな明るい色彩を使うデザイナーがどっと出てきて街のイメージが一変することになる。

　色彩が人に与える影響は大きいです。だから美術品も「つくられた時の姿で鑑賞される権利を持つ」と考えるとすれば、古いものは洗うべきだと思いました。

姜　そうですね。

五木　われわれはそこのところをちょっと誤解してものを見がちなのですよ。年月が去って、寂《さ》び寂《さ》びとした感じがいいということで、京都や奈良の古寺などに行く。でも薬師寺だって、出来た時はつけ麺チェーンみたいな極彩色ですから。

姜　そうです、そうです（笑）。

五木　それと同様に、今クラシックで格調高く見える絵も、当時は大変スキャンダラスだった作品がたくさんあります。描いた人間が蔑視された時代もあった。ミケランジェロもレオナルド・ダ・ヴィンチもスポンサーを求めて四苦八苦したことがありましたから。

姜　デューラーもそうですが、十六世紀のヨーロッパでは宮廷絵師は手工業者のような扱いをされることもありました。絵画は芸術家がつくる「ありがたいものだ」というとらえかたは、ある時期から出てきたものです。絵画はもっと身近なものでいいと思いますね。

たとえば僕が旧西ドイツに留学していた当時、銀行に行くと月替わりで、そんなに高価なものではないけれど絵画が展示されていました。日本もお金を儲けている銀行や病院が待合室に絵画を飾って楽しませてくれたらいいのに、と思うのですが。

五木　大きな会社の役員室のフロアには、すごいものが置いてあることがあるようです。税金対策かもしれませんがね（笑）。絵は見られてこそなんぼですが、日本の場合は絵に対する感覚が伝統的に違うんですよ。高名な収集家は多くの人たちに見せると「目垢《めあか》が付く」という言いかたをよくします。だから持っていても見せたくない。

姜　初めて聞きました（笑）。

五木　美術館ももっと変わるべきでしょうね。パリのポンピドゥー・センターがオープンしてしばらく後に行ってみたんですが、夜の九時か十時頃だったのに、美術館がオープンしているんです。ロビーには、ヒッピーみたいな、いろんな国籍の人たちがいて、車座になって座りこんでいる。それでビールを飲んだりサンドイッチを食べたりしながらワーワーやっていたんです。

それを見て、美術館はこれだな、と思った。帰ってすぐあちこちの美術館の人に言いましたが。

姜　僕もそう思いますね。できれば二十四時間オープンにしていてほしい。

五木　それが最近はとてもオープンな公共の芸術施設もあるんです。金沢に金沢市民芸術村という場所があるんですが、そこはいつでも町の人が自由に使えて、二十四時間、美術のイベントや、芝居や音楽の練習をしている。

姜　それは素晴らしいですね。

五木　ええ。これは余談ですが、美術館に行った時、絵に詳しくなくても退屈しないで絵を見られる方法があるのですよ。

姜　何でしょう。

五木　もしもこの中であなたに一点だけタダで差し上げますと言われたら、どれをもらって帰ろうかと考えながら見る。あるいは自分が泥棒だったらどれを盗もうかと思って見る。そうすると、かなり集中して真剣に見られますから（笑）。

姜　それはいいですね（笑）。僕も今度試してみます。

第Ⅲ部　日本人であることの限界

因果《いんが》・因縁《いんねん》、運命・宿命

姜　『漱石全集』を調べていたら、因果《いんが》、因縁《いんねん》、それに類することばが頻出していることに気づきました。僕はこれまで、因果ということば、大嫌いだったのですが。

本書に収録していますが、十年前（二〇〇八年）に、五木さんと初めて対談したと思うんですね。あれから、息子を亡くしたり、東日本大震災があったり、そして熊本地震があったりと、十年間を繙《ひもと》きながら、五木さんにお聞きしたかったのが、「因果」というものをどんなふうに考えたらいいのか。

五木　それは大きなテーマですね。

この正月に、婦人雑誌や若い人向けの雑誌などからインタビューを受けましたが、不思議なことに、今年は、「運命」についての質問が多かったのです。

姜　そうでしたか。

五木　「どうすれば幸運を摑《つか》めるか」、とか「運命はあるのか」などと。

正月に、明治神宮をはじめとして日本全国の寺社に詣でる人たちは毎年べらぼうな数ですが、皆幸運を願っていますね。「今年はいいことがありますように」と。

姜　そうですね。

五木　そのように、幸運を摑むにはどうすればいいのだろうかとか、運というものに対して、世間の関心がすごく高まっているような気がひしひしとするのです。とくに若い人たちに。

姜　あぁ……。

五木　かつては努力して、社会的な活動などを通じて、自分の人生を築き上げていこうという、向上的な志向が多くの若者にあたりまえのようにありました。教育でもそうだったと思います。しかし今は、まず運がいいとか悪いとかを考える。

姜　学生を見ていると、そう思います。

五木　それには格差という問題もかかわってくる。今、多くの国会議員や医師が世襲《せしゅう》ですよね。

姜　ええ。

五木　経済的にめぐまれた家に生まれた子は、豊かな環境の中で、塾通いもし家庭教師もついていて、いい大学へ行って、いい暮らしをするということがあたりまえの感覚になっています。調査でも、格差を容認する親が多いという結果が出ている。

努力をしても、どうあがいても、しょせん運命には逆らえない。運というのは、生まれた時に決まっている。そういう認識が世の中を覆っているような気がするのです。

姜　僕にもまさに同じ感覚があります。

五木　そこから、おっしゃっている「因縁」という問題が出てくるような気がするのですが。

姜　僕も、何の因果で自分は在日に生まれたのだろうと、若い時何度も思いました。朝鮮半島と日本をめぐって緊張があるのも、これも因果かなと思ったり。

五木　でも、それを社会的・経済的要因というものから世の中の仕組みとして分析していくというのは、もう聞き飽きたような気もしますけど。

姜　そうなんですね。

五木　僕は、若い頃から親鸞の思想、信仰に関心があったのですが、どうしても納得できないところがありました。いまだにその問題は解決がついていないのですが、「宿業」とか「宿世」、「前世」ということばを親鸞は使うのですよ。

たとえば、今、漫画化もされ若い人たちの間で大変話題になっているらしいのだけれども、吉野源三郎の『君たちはどう生きるか』（新潮社／一九三七年）とか、ああした若者の生きかたについての小説の中には、運命とか宿業、前世、因縁とか、そういう発想はありますかね。

姜　ないですね。原作の刊行は日中戦争勃発の年と重なっているせいか、見かたによってはかなりシリアスな内容が盛り込まれています。ただ、時代の反知性主義的な流れに抗しようとして啓蒙的な進歩主義が前面に押し出され、人間は常に向上していかなければならず、それが人間が獣と違う点として強調されていますね。

五木　知性とか教養とか、あるいは社会主義的な思想というか、根本にヒューマニズムの思想があると思います。近代的な教養主義の流れでしょう。

姜　そうだと思います。

五木　どろどろした、判断のつかないようなものは全部、前近代的なものとして排除していって、すっきりしたものを組み立てていこうという考えかただろうと思うのです。

姜　そうですね。

五木　それに対して、反知性主義という流れがあり、そのことを非常に憂《うれ》うる人が多い。知性主義とか、新たな教養ということを求めて、若い人たちの間でも、今、書店で一種の哲学ブームというか、小説や翻訳書を含めて、哲学関係の新刊が関心を集めている。

姜　多いですね。

五木　亡くなった池田晶子《いけだあきこ》さんの本なども注目されていますね。哲学について考えてみようという時に、因縁や運命、宿世とか宿業とかは前近代的な反知性主義として、一切排除することが知的な姿勢というふうになっている。その一方で、パワースポットを求めて、多くの人々が正月に明治神宮などに晴着を着て行く。

姜　ほんとにそうです。

五木　ほかにも川崎大師とか成田山とか、そこに詣でる人数を全部集めると、日本国民というのは、なんて宗教的な国民だろうと思われるのだけれど（笑）。

姜　ほんと（笑）。業績主義や合理主義の障害になるものは全部前近代的で、取っ払うべきだという考えかたがありながら、もう一方では、世の中のことはすべてもうあらかじめ決められているのだ、と。もしそこに理不尽で非情な面もあっても、それが現実なんだと。

五木　そう。そこなんですよ。

姜　人の死もそうです。定命《じょうみょう》というのでしょうか。

僕は、二十代の子供を亡くしました。このことをどうとらえたらいいのか、どうしても納得がいかなかった。考えた末に、もしかしたらそれ自体も完結したひとつの一生で、やはり何かの因果でこうなったのではないかと、最後には考えました。

漱石も、どうして自分はこんな家に生まれたのだろうと悩んだと思うのですが。

じつは、この前、ある高校で、ちょっと話をした後、男子の生徒が立ちあがって、「姜先生、自分は醜男《ぶおとこ》です」と言うのです。

五木　ほう。

姜　それで、「先生、自分は女の子からモテたことが一度もないし、母親に、自分は何でこんな醜男に生まれたのだと問い詰めたら、お前を産みたくて産んだわけじゃないと言われました」と、笑いながら言うんですね。もっとも、その生徒と母親の関係は深い絆で結びつけられているからこそ、本人も半ばとぼけたような質問をしたのだと思います。
僕も呆気《あっけ》に取られたのですが、自分の力では如何《いかん》ともしがたいものというのをどうしたらいいのか、その場で答えることができませんでした。
五木 たとえば宗教的な答えというものが、それに対する回答のひとつとしてかつてはあったと思います。でも今は、それでは解決できないことはもうはっきりしている。
先日、ある雑誌で井出英策《いでえいさく》さんという、福岡県の八女《やめ》出身の財政社会学の研究者と対談をしたのです。井出さんは、身長一メートル八〇は超えていると思うくらいの偉丈夫で。
姜 かなり大きいんですね。
五木 堂々とした体格ですから、「井出さんは、そんなふうに背が高く生まれて、体格的に恵まれているということは、努力で大きくなったんじゃなくて、遺伝子がどういう関係かわからないけれど、はじめからある種のアドバンテージをもって存在しているんじゃないですか?」と僕が言ったら、「そんなこと言うけれど、五木さんはそんなに毛がたくさんある。これも不平等じゃないですか」って（笑）。
姜 僕もいつも会うたびにそう思います（笑）。

五木　大笑いしたのですが、そういうことってありますよね。

姜　ありますね。

五木　この間もいろいろ話をしている時に、ある若い人が、「しょせん自分は貧乏人の家に生まれたんですから、しょうがないですよ」と言っていました。かつては、プロレタリアートとブルジョワジーというものが、社会学的・経済学的にひとつのシステムの結果として生まれている、というような説明がなされていたのですけれども、今はそうではなく、貧乏人と金持ちというのはもともとあるのだ、というような。ある種の、カースト制度じゃないけれども……。

姜　そうですね。

五木　バラモン的な発想が広く行き渡りつつある。現代になって、その傾向が強まっているというか、最近、非常に目立つようになってきたのはどういうことだろうと思うのですが。

姜　僕もそのあたりを、ぜひとも仏教的に、どう考えたらいいのかお聞きしたいですね。

五木　うーん、仏教的というよりは、むしろ姜さんの考えかたをお聞きしたいですね。

姜　宗教的な見かたとして。ひとつは、よく言われるのが「する」ことと「である」こと。僕の父親も母親も、「頑張れば何とかなるたい」、つまり「する」ことによって業績を上げれば、何とかなると言うわけです。やっぱり「在日は在日たい」という気持ちもありながらも、いや、だからこそ、「する」ことを通じて浮き上がろうとするわけですね。苦労した人ほど、自分はこれだけしてきたのだから、君も努力すれば良くなると、若い人に説教する人がいますよね。

ただ、一方で、「である」ことが重くのしかかっているわけです。自分は○○「である」という、そこに釘づけにされて、どうしてもそこから脱却できない。その両方が自分の中にあったような気がするのです。

でも社会科学的には、「である」から「する」に変わることが、近代化だと言われてきました。

五木 そうです。

姜 ところが、最近、むしろ「する」ことよりは「である」ことのほうが大きな意味を持っているんじゃないかという気がしているのです。

五木 ザイン（ある／存在）とゾルレン（あるべし／行為）ということですね。存在の重さというか、そういうものがひしひしと感じられるようになってきたのはなぜかということを考えてみたいです。今なぜ、そんなふうになってきたのか。

日本人の御利益《ごりやく》と階級社会

五木　運不運と言えば、今、「自分は運が悪い」と思っている人が多いような気がします。

姜　そのとおりだと思います。

五木　運が悪い。自分が悪いんじゃなくて、運が悪い。たとえば、どういう経済状態に生まれたか、どういう家族に生まれたか、どういう容貌、才能を持って生まれたか。そういうことを見て、何か自分は運に恵まれていないと思っている人たちが非常に多い。

そういう人たちの多くは、運命というものに挑戦するとか、対立するとかいうことじゃなくて、運を引き寄せようとするというか（笑）、幸運に転換させようという。そのために祈ったり、いろんな御利益《ごりやく》を求めたりする。

私は『百寺巡礼』（講談社／二〇〇三年〜二〇〇五年）という本のシリーズのために、内外のお寺を回り歩いたことがありました。

姜　そうでしたね。

五木　護符とか絵馬などは神社だけでなく、お寺にもたくさん納められているんです。そういうものを見ると、種類はだいたい三つになるんですね、人びとの願望というのは。

ひとつは商売繁昌《しょうばいはんじょう》。それから病気平癒《びょうきへいゆ》、これは圧倒的に多いですね。それから家内安全。これは平和ということでもあります。家内が安全であるためには国も安全でなければならないから。

健康とカネと平和。その三つに日本人の願望は集約されるなと思いました。

姜　本当にそうだと思います。

五木　具体的に御利益があることが大事。それがみんなの願いなんですよ。

姜　今回、僕も明治時代の日本人の精神構造を調べている中で、明治から「三宝《さんぽう》」と呼ばれるもの――それはやはり健康と家内安全と繁昌でした。

五木　今でもそうなんです。そして、かつての階級社会というか、士族とか平民とか、そうした格差というものが一応解消されて、今、新しい階級というものが出来たのではないか。

姜　出来たのだと思います。

五木　明治は階級の再編成があっただけであって、じつは、政財界の財閥《ざいばつ》とか閨閥《けいばつ》というものは、戦中・戦後を通じて、ずっと続いていると思います。

姜　かもしれませんね。それは旧財閥のその後を見てもそうです。

五木　旧満洲経営、朝鮮もそうですが、日本の政財界の核の部分が大陸へ移って、戦後それが日本に戻り、もう一度、再編成されました。たとえば、新幹線にしても、旧満鉄の十河信二《そごうしんじ》さんという人が立案計画して戦後に実現させる。満洲で特急「あじあ」号が運転を開始した時には、僕らは歌までつくって祝福したものですが、新幹線もその延長だと考えれば……。

姜　そうですね。戦時と戦後の連続面については、著名な米国の日本研究者J・ダワーなどが指摘しているとおりです。旧満洲経営や植民地経営と日本列島の戦後復興との地続きの面などにもっと光が当てられるべきですね。

五木　鴨緑江の朝鮮と満洲の境には、水豊《すいほう》ダムがありますね。あのダムの建築の技術があればこそ、戦後日本の黒部ダムも建設できたわけだし。労働者の働きかたも戦時中につくられました。たとえばベースアップなどは戦時中の施策ですね。

姜　ええ。

五木　その頃から、働きかたの再編成とか、正規・非正規とかの問題も、いろんなものが、戦後ずっと続いているんじゃないかな。

姜　まったく同感で、『維新の影』（集英社／二〇一八年）を書いたのは、近代史には光と同時に影もある、光が輝けば輝くほど影も濃くなる。その両方を見ないと――という理由からですが、何かが根本的に変わらずに八月十五日を跨《また》いでいる面がありますね。

五木　そこなんですよ。

日本人であることの限界

五木　戦後日本は高度経済成長をとげ、誰でも頑張ればナンバー・ワンになれるんだというような気持ちでやってきたわけですが、今、時代の閉塞状況というか、どこまで行っても、この枠は越えられないのだという見かたがすごく強くなってきているでしょう。

姜　強くなってきていると思います。

五木　姜さんが詳しいと思いますが、明治四十四年（一九一一年）、夏目漱石は講演の中で、「しょせん日本は欧米の上面《うわっつら》だけを真似て、今後も上滑《うわすべ》りに滑って行くだろう」という、ちょっとため息に似たような感慨を述べています。それと似た感覚を最近よく感じるんですよ。漱石は言います。「我々の開化の一部分、あるいは大部分はいくら己惚《うぬぼ》れてみても上滑りと評するより致し方がない。しかしそれが悪いからお止《よ》しなさいと云うのではない。事実やむをえない、涙を呑《の》んで上滑りに滑って行かなければならない」と。

姜　そうですか。五木さんはどういうところに……。

五木　僕は最近、日本人であることの限界をつくづく感じることがあるんです。何とかかんとか言っても、しょせん日本人だなあ、というね。

姜　それはやはり宿命的なものですか。

五木　宿命というか、湿潤なモンスーン地帯に生まれて、祖先が水田耕作を繰り返してきた、その中から培《つちか》われてきた体質というか、運命的なもの。

たとえば、先日全国高校サッカー大会の入場行進を、テレビにかじりついて見ていたのだけれど、開会式の時選手が列をつくって入場行進してきますよね。その歩きかたが、とてもサッカー選手がするような歩きかたじゃない。

姜　どういう歩きかたですか。

五木　膝《ひざ》を高くあげて、下に踏みおろすという、昔の軍隊の歩きかたってあるでしょう（笑）。大きく手を振って、こういうふうに歩くんですね（手を振る）。

姜　ああ、はい、はい。

五木　昔から僕は「歩く」ということに関して人並み以上に関心があったんです。昔の日本人はまず走らなかったと言われますね。走るということは、特別な人の専門的な仕事で、足軽とか、飛脚とかが「走る」専門家として存在した。だから戦国時代の巻物の絵などを見ても、大火事の時でも、日本人の動作の描かれかたは、走らずにじつにのろのろとしている。ストップモーションのような絵柄が多い。

というのは、日本人の歩きかたはどこから生まれてきたかというと、やっぱり水田耕作だろうと思うのですよ。

姜　なるほど。

五木　僕も少年時代に農村に住んだのですが、水田の中での耕作の歩行は、膝を伸ばしたまま脚を前後にスッ、スッと動かしていたんじゃ絶対に歩けない。田の中から、上に一ぺん膝を高くあげて、ずぶずぶずぶと泥田の中に脚を踏みおろし、それをまた真上に抜いて、上からまたおろす。稲作水田の耕作が日常のことになっている人たちの歩きかたでしょう。つまり、騎馬民族じゃなくて農耕民族の歩きかたですね。

姜　そうですね。

五木　甲子園の高校野球を見ていると、高校生たち、彼らは日本人の中でもとくに進んだ運動能力を持った人たちだろうと思うのですが、それにもかかわらず、大きく手を振って全員が脚を揃《そろ》えて。あれは昔の日本の軍隊の歩きかたそのままです。

姜　そうですか。

五木　この歩きかたは、日本人の生きかたにも、深いつながりがあるように思える。戦術にしても、フィジカルなもの、メタフィジカルなもの、引っくるめて日本人の限界みたいなものを、今の次元では非常にもどかしく感じる時がしばしばあります。

姜　おっしゃったことからすると、高校野球も、やっぱり軍隊式なんでしょうか。

五木　そうですね。入場行進には非常に違和感があります。僕は終戦の時（旧制）中学一年でしたから、教練の授業が学校教育の中にあった。指導教官がいて、軍人なんですけれど、その命令一下、やはり膝を高く真上にあげて、真下に踏みおろす。靴を鳴らしながらね。

でもこれが、今の北朝鮮の平壌《ピョンヤン》の分列行進を見ると、また全然違うでしょう。

姜　違います。

五木　ドイツ式というんですか、これも不自然なほど足を高く上げる。

姜　旧東ドイツのエーリッヒ・ホーネッカー国家評議会議長は金日成《キム・イルソン》の刎頸《ふんけい》の友でしたから。行進を見ていると、北朝鮮のサッカーがけっこう強い理由がわかるような気がします。

五木　あれを共産主義的歩きかたというふうに言っていいのかどうかわかりませんが。

姜　一糸乱れずの全体主義的な行進なのでしょうが、戦前の日本の軍隊式とは違う面があるかもしれません。

五木　もともと韓国と北朝鮮の間に、たとえば農耕民族と騎馬民族というような違いはあったのですか。

姜　朝鮮半島は、南側は農耕地帯です。それでも、朝鮮半島全体は、どちらかというとやはり騎馬民族的なものがベースになっていると僕は思います。

五木　そうなんでしょうね。

姜　ですからでしょうか、南北朝鮮は、小さな国のわりには、スポーツでは強いですね。

五木　戦前のオリンピックでも、当時の統治国である日の丸をつけて出場し、マラソンで金メダルをとった孫基禎《ソン・ギジョン》。ソウルオリンピックの開会式の聖火ランナーもしました。

姜　そうでした。さっき五木さんがおっしゃった、半島であるがゆえの、運命、宿命、それに、ベースにある騎馬民族的なものと、いろんなものが重なり合っていると思います。

五木　そうなんです。それを見る時に、僕は、西欧的近代において、どうしても日本人であることの限界とか宿命とか、さまざまなことを感じることがあるんですよ。

「明治」を見直す時

姜　日本の軍隊式なシステムというのは、せいぜいこの百年か百五十年で出来たものですよね。

五木　たぶんそうです。

姜　二〇一八年はちょうど明治百五十年ですが、それで僕も『維新の影』という本を出版しました。

五木　それはおもしろい。明治維新について、いろいろ考えるきっかけがあるのですけれど、島本久恵《しまもとひさえ》という評論家は、「慶応も暗かった」、「安政も暗かった」と。しかし、女性の立場から言えば、「明治はさらに暗かった。明るさの中の暗さであった」ということを、かなり早くに言っていて、僕はそのことばがずっと気になっていました。

われわれはどうしても明治の明るい面ばかりを見て理解しようとします。最近は、それに批判的な考えも出てはいるのですが、本当はあの人はヒーローではなかったとか、坂本龍馬がじつは武器商人だったとか、ちょっとスキャンダラスな、足を引っぱるようなものも多いのです。

その視点ではないのですが、明治というのは国民と国家が一体となって、近代化のために「坂の上の雲」をめざして疾走していく、若々しい青春の時期であったという考えかただけですと間違うと思うのですよ。そうじゃない部分もたくさんあったはずだと。

姜 そうです。

五木 僕は、民俗学者の沖浦和光《おきうらかずてる》さんなどと一緒に、広島の奥の比婆郡《ひば》（現・庄原市）などで、かつての「山窩《さんか》」など山の民たちの足跡を訪ねていった時に、ある小さなお寺のご住職から、「祖父がさらに父親から聞いた話として、こんなことを言っていたのを思い出します」と聞いたお話があったんです。

姜　ええ。

五木　それは、「明治の頃に繁昌《はんじょう》した神社や仏閣は」……「繁昌」ということばは今では神社や仏閣に相応《ふさわ》しくないような印象があるかもしれないですが、もともと仏教用語なんです。蓮如《れんにょ》の使う「当流」、つまり浄土真宗の「当流の繁昌のために」など、繁昌というのは、それが非常に盛んで、人びとの心をしっかり掴んでいるという意味です。「明治の初期に神社仏閣で、たいへん繁昌したのは、くじ逃《のが》れに御利益のある所が多かったということを祖父が言っていたのを思い出します」と。

「くじ逃れ」というのは、くじ、つまり国の選別によって仕事や役などに就くことから逃れること。公事《くじ》とも籤《くじ》ともとれますが、要するに入隊の召集令状が来ないように願うことです。国民皆兵となっているけれども、徴兵検査で合格になった人間全員が必ず引っぱられるわけではないんですよね。赤紙というものが来ないように、親戚とか友達とか家族とかが、地元のお寺じゃなくて、ちょっと離れた所の神社や仏閣にお参りして「兵隊にとられませんように」と、くじ逃れのお祈りをして、その御利益の多い所が明治期には流行ったのだと。

姜　そうなんですか。

五木　こっそりお参りに行く。これは立松和平氏が栃木でも同じような信仰があったことを小説に書いています。旧谷中村《やなかむら》ですね。それどころか、村全体で徴役拒否を決しようとした所もその近くにあったと言います。こうしてみると、明治の一面が何となく見えてきますよね。

姜　見えてきます。僕もその徴兵逃れの村というのに去年行く機会がありました。

五木　そういうこともあったんだなと考えてみると、われわれはもっと物事を相対化して見ていかなければいけないと思います。

姜　そうですね。

僕が因果について思ったのは、明治の因果が現在にめぐってきているんじゃないかということです。

五木　ほほう、なるほど。因果はめぐる百五十年ということですか。「めぐってきている」というのはどういうことなのですか。

姜　たとえば、僕は取材を、軍艦島から始めました。そこには、囚人労働や大陸からの徴用工など、さまざまな歴史的な問題があるわけです。そういう人たちの無縁仏などもありました。石炭産業の盛んな時に、人がどれだけ涙を流していたかということを、ひとつひとつ聞きながら歩きました。

また熊本の水俣へ行ったのですが、ここもご存じのとおり、日本窒素肥料水俣工場があって、ここは朝鮮窒素肥料株式会社ともつながっていたわけです。その公害事件が、今でも非常に大きな傷になっている。

また、足尾銅山の鉱毒事件で、国により村が強制破壊された、先ほどの旧谷中村跡を探訪しました。そうすると、明治の時代からの宿痾《しゅくあ》みたいなものから、現代は本当に変われたのだろうか？　というふうに、素朴に思ったのです。

どうして、こんなにこうしたふつうの人たちに国はつれないのだろう。情けをかけてその人たちに救いの手を差し伸べる、それが経世済民、国を動かす人たちのひとつの度量のはずだと思っていたのですが。

逆に、被害に遭った人たちに対して、補償を値切る、無視する、最後は土地をコンクリートで固めたり、強制的に立ち退かせたりして、地図から消してしまう。それでなかったことにしてしまう。それって、じつはずっと変わってこなかったのではないかなと最近思っているのです。だから、漱石は明治という時代に対してアンヴィヴァレント（二律背反的）だったのかもしれませんね。

五木　『三四郎』の中の、「先生」の、あの汽車中のことばでしょう？「この国はいずれ滅びるね」という。冷たい目で、というか、批判的な視線で同時代を見ていましたよね。

はみだしていった者たちの歴史

姜　われわれは『さらばモスクワ愚連隊』（講談社／一九六七年）や『戒厳令の夜』（新潮社／一九七六年）など、五木さんの海外を舞台にした作品を貪《むさぼ》り読みました。五木さん自身は、外国で、異邦人《エトランジェ》として生きたい、という気持ちはなかったのでしょうか。

五木　そうですね。そうせずに、日本にいたことも運命なのでしょうけれど。

僕の生まれた昭和七年（一九三二年）には五・一五事件が起き、「罷業《ひぎょう》」と言われるストライキが続発し、血盟団事件などのテロがありました。「エロ・グロ・ナンセンス」ということばがかつてありましたけれども、テロ・グロ・ナンセンスの時代だった。その時代にやはり日本列島から零《こぼ》れ落ちるように、海外へ行った多くの人たちがいるわけです。

姜　はい。

五木　海外へ勇飛するというような美辞麗句ではなくて、文字どおり、この狭い列島の中から押し出され、活路を何とか見いだしていくわけです。当時、行く先は朝鮮半島、そして満洲、基本的にはこの二か所ですね。

姜　ええ。

五木　僕の両親はそのようにして、生まれて間もない僕をともなって朝鮮半島へ渡りました。父のように、地方の小さな師範学校を出たぐらいでは、教育者として出世はできない。定年の頃小学校の教頭ぐらいになって終わりじゃないかという。広島や、東京の高等師範――のちの東京教育大学や、帝大系の人たちがどんどん自分たちを追い越して出世の階段をのぼっていくわけですね。

だから活路を求めて、九州の田舎の小学校教師が外地へ出ていった。

姜　ああ……。

五木　浄土真宗は親鸞を思想的なルーツにしているのですが、教団として大きく発展させたのは、十五世紀の蓮如《れんにょ》という人物です。蓮如の影響が深い地域は、北陸、安芸門徒の広島、三河門徒と言われる中部地方。

蓮如については、文字で残っているものとは別に、ことばで伝えられている伝承というものがあります。非常に不運な人で、奥さんが次々に、亡くなってしまうのです。そのたび五度も結婚するのですけれど、そのために子供が何十人もいるという。子供が生まれると、躍りあがって喜び、子供が病気で——その頃は五人産んで三人死ぬような時代ですから、死ぬと身体を投げ出して悲しむという。「蓮如さんは赤ん坊が本当にお好きだった」という伝承が、何百年もずっと伝えられているのです。

そういう中でどうなったかというと、たとえばかつては東北の農村では、「間引き」があたりまえだったんですね。

姜　あたりまえ。

五木　以前、東北を歩いた時に聞いた話では、かつては冬、赤ん坊に晴着を着せて、水をかけて廊下に出しておく。すると翌朝は冷たくなっているという。皆が生きるためにやむにやまれず、口減らしにそういう間引きもおこなわれていたのです。しかしそういう中で北陸、広島は間引きが非常に少なかったのです。

姜　あぁ、少なかったのですか。

五木　やはりこれは蓮如の影響だろうと思いますね。蓮如は赤ん坊の生命を大事にした。

ややこを可愛がる。そのことがもう染みついていた土地柄なのです。
　そしてどうなったかというと、貧乏人の子だくさんになるのです。三反百姓に十人の子供が出来ちゃったら、もうどうしようもない。労働力が増えることよりも先に、食っていけないです。ですから真宗王国といわれる土地から日本の移民というのは大量に出ているのです。

姜　はい。

五木　北陸がそうですね。広島もそうです。たとえばハワイのマウイ島で、サトウキビ畑の労働に従事するのは、いちばんきつい労働ですけれど、その仕事をしていたのはほとんど日本人の移民だと聞きました。棄《す》ててあった卒塔婆《そとば》に法名が書いてあってね。そこは日本人墓地だったんです。裏に出身地が書いてあるのですが、広島、北陸、福井、富山、石川という地名が圧倒的に多かったのです。

姜　そうですか。

五木　卒塔婆の後ろを見ると、倶会一処《くえいっしょ》とか、南無阿弥陀仏《なむあみだぶつ》とか、ほとんど真宗なんですよ。

姜　そうした歴史が明治以来あるということは、ナラティヴ（物語）としてはなかなか伝わらないですよね。どうしても高度経済成長期の、隆々たる日本が表に出てしまって、それだけで明治百五十年を、ひとつの物語によって完結してしまう。

五木 本当にそのとおりです。時代には、昼もあるし夜もある。夜明けもあれば黄昏《たそがれ》もある。

姜 そうです、そうです。

五木 しかし逆に、明治を謳歌《おうか》することに対して、反動的に、明治の悲惨さを強調することもある。たとえば戊辰《ぼしん》戦争の結果、元会津藩士が北辺の土地に移動した悲劇というようなことです。しかし、明治はただ暗かったと言うのも行きすぎですし、明治は明るかった、それだけだと言うのもおかしい。両方を複眼的に見ていかなければいけない気がするのです。光が強ければ影も濃いのです。

姜 そうですね。その中で、僕はやはり、明治のある光の部分が、いわば影になっているのではないかと思いました。

五木 影になっている。

姜 ええ。それが因果となって、今を生きている人たちに影を背負わせているというのでしょうか。

僕自身は、もう国籍はどうでもいいと思っているのですが、日本と朝鮮半島と、もうちょっと関係が良くなってほしいと、いつも思っているのです。でも、時々思うのは、どうしても若い人たちに過去の因果のようなものを背負わせてしまうことです。そういうものから解放されたり、断つことは難しい。どうしても過去の因果に縛られ、裁かれる。

たとえば私の息子にしても、母親は日本人で、父親は在日韓国人です。そこから生まれてきたことから、自分という存在について、今から思うと、自分なりに考え続けていたのだと思います。いろんな生きかたがあると思うのですが、最近僕は、因果というのがどうして今も続いているのだろうか、そこをどういうふうに考えていったらいいか、と考えてしまうので。

故郷を奪われた者として生きる

五木　私も、終戦後、難民として追われ、三十八度線を越えて、仁川《インチョン》から米軍のリバティ船で博多に引き揚げてきました。しかし、帰ってみると、やっぱり余計《よけい》者扱いなんですよ。逆に、外地でいい目に遭っていたと思われる。

姜　いい目に？

五木　本土が空襲や食糧不足などで悲惨な目に遭っていたのに、お前たちは今さらのこのこ帰ってきて——と。当時、引揚者というのは一種の差別用語だったんです。

姜　そうでしたか。

五木　引揚者がまとまって住んでいる所がありました。仮住宅のようなものとか、あるいは廃屋を利用するというかたちで。

　その後東京へ来てみると、ことばが違う。何べんも聞き返されて、「お前違うよ、それは。なんだ、そのことか」みたいに言われ、大きな違和感がありました。

姜　ええ。

五木　第一次世界大戦と第二次世界大戦の間に、フランスのモーリス・バレスという、当時はたいへん人気のあった、日本でいうと石原慎太郎さんみたいな作家だったと思うのですけれども、彼が「デラシネ」ということばを否定的な意味で使い始めました。「根」を持たぬ、根《ね》扱《こ》ぎにされた人間。国土や祖国から切り離された、愛国心もなければ、強い郷土愛もない者、というような意味です。それに対してアンドレ・ジッドなどが反論して、デラシネ論争というのがさかんにおこなわれました。
デラシネということばが日本では「根無し草」みたいに使われるところが、僕は気になっていました。そうではなくて、「力ずくで土地から根扱ぎにされた人びと」のこと、というふうに考えるべきだと思います。

姜　そうですね、確かに。

五木　現在のロシアにしても、スターリン時代に、何十万何百万という人間がシベリアへ送られたり、あるいはラトビアから海外へ送られた。トルコからも引揚者が帰ってくる。スペインのユダヤ人など、さまざまな人たちも大流浪する。そのことについて、『デラシネの旗』（文藝春秋／一九六九年）という小説を書いた時から考え続けてきたのですが、この数年、ことに難民というのは、完全な現代のデラシネ現象ではないかと思うんです。

姜　そうですよ。

五木　それを負の現象としてだけとらえるのではなくて、難民として漂流して生きていくのだったら、そこで生きていく思想とか、希望というものをつくりださなければならないのではないか。

姜　そうですね。

五木　難民であるということは、たとえばパリで生まれてフランス語しか知らないというアラブ系の人たちには、運命ですよね。

姜　運命です。難民としての運命を引き受けるしかない。

五木　一九六八年のパリ五月革命の時は学生たちは警官隊や陸軍の特殊部隊と対峙《たいじ》していました。しかし、今度のパリの反テロデモでは、警官隊にデモ隊の少女が花を捧げていました。デモ隊の周りのビルの屋上には、狙撃兵が配置されてデモ隊を護衛し、テロがないかを監視していた。

　しかしそういう中に、移民たちの存在はなかったですね。

姜　サルコジ大統領が内務大臣だった時に、移民の若者が、自動車を一万台近く焼く事件があったのですが、僕はそれを取材に行ったのです。

五木　ほう。

姜　パリ郊外の移民系住民の集住地区を訪ねたのですが、そこは、灰色の団地の居住空間でしたが、僕の小さい頃の、在日の集落に似た印象の街でした。

　十六歳くらいの男の子に話を聞いたのですが、「自分はフランス語しかしゃべれない。

アルジェリアから来たけれど、アルジェリアのことは何も知らない。でも、周りの人からはアルジェリア人にしか見られない。居場所がない。「どこに行ったらいいの?」と、僕に訊《たず》ねるわけです。

それを聞いて、今から半世紀以上前の、日本の在日的状況に似ていると思いました。

五木　なるほど。

姜　少年が言うには、職業紹介所に行っても、アラブ系は締め出されてしまう。楽しみといえば一週間に一回マクドナルドでハンバーガーを食べること。あとはサッカーをやるだけで。彼らは、「パリは近い。しかし、天国、神は遠い」ということを言っていました。彼の不運について考えました。

五木　デラシネとは、林達夫《はやしたつお》のことばを借りれば「移植された植物のほうが強い」ということなのです。その土地に自生している植物よりも、植え替えたもののほうが。だから、盆栽なども植え替えというのをやるんですね。そのほうが強いんじゃないかと思います。

ほんとうに、非常につらい運命を背負わされているわけです。たとえばミャンマーのロヒンギャ難民も、彼らはパキスタンに行こうがバングラディシュに行こうが、どこに行ってもデラシネ、故郷を奪われた者なのです。
　また本来は、ユダヤ民族そのものがデラシネであるにもかかわらず、今はどちらかというとパレスチナの人たちがデラシネ化している状況でしょう？

姜　そうですね。

五木　スペインではカタルーニャが独立しようとしていますよね。カタルーニャは、独自の文化を育み、独自の言語を持つ地方で、ラジオ放送はカタルーニャ語で放送するというくらいの頑固《がんこ》なところなのだけれど、さらに、あの中にも少数民族がいるんですよ。

姜　そうですか。カタルーニャの中に。

五木　その人たちがまた、カタルーニャの人びとの中で差別されている。バスク地方とか、ああいうところともちょっと違うんですよね、カタルーニャの場合には。富者の独立というか、貧しい連中と一蓮托生《いちれんたくしょう》していくのは嫌だから切り離そうという発想です。

姜　イタリアの北部同盟に、ちょっと似た感じですね。貧しい南を切り離す、という。

五木　昔、一九三〇年代のスペイン市民戦争を舞台にした小説も書きましたし、スペインに対しては、僕らはロマンティックなイメージがありました。とくにカタルーニャは、人民戦線（フレンテ・ポプラール）の牙城ですからね。そこからピカソも育つ、詩人たちも出る、ガルシア・ロルカもパブロ・カザルスも、と、カタルーニャはスペインの中でも憧《あこが》れの土地だったのですよ。しかし、スペインの中の富める部分、豊かな部分だけが独立するのは、どうなのだという問題も出てくる。

姜　今五木さんが言われたことからすると、ある集団なり組織なりに属することが、自分のアイデンティティとして外側から押しつけられると、もう如何《いかん》ともしがたい。そこに因果というか、運命的なものを感じるのです。

五木　そうですね。たとえば僕が非常に高く評価していた日本人のフラメンコダンサーの女性がいるのです。しかしフラメンコダンスは、ロマの人たちをルーツとする芸能であることから、カタルーニャでもやはり差別されるんです。

姜　フラメンコがですか。

五木　バルセロナに大きなホールがあるのですが、そこでは以前、フラメンコは上演させてもらえなかった。デラシネの末裔《まつえい》だから、ということです。つまり、カルチャーの中でもデラシネ的なものに対する差別がある。

しかし、その屈辱にただ耐えるというのではなくて、そこに新しいデラシネの倫理とか、デラシネの思想というものをつくらなければならない。というのも、もうとても、これから先、本国へ帰るなんてことは絶対に望めないからです。

姜　できないですね。

五木　タンポポの絮《わた》のように飛んできて、その地に根をおろすしかない。落地成根《らくちせいこん》という中国のことばがあります。それしかないんじゃないかと思います。

姜　五木さんの書かれた新聞記事だったでしょうか、落地成根・落葉帰根《らくようきこん》についての、ボスポラス海峡のススキの話。ヨーロッパに広がったという。そうした流れが今ヨーロッパを大きく突き動かしていることは間違いありません。

五木　もうヨーロッパだけでなく、世界中がそうです。

姜　そうですね。その人たちはやはり宿命としてそれを受け入れていかざるをえない。

五木　フランスでも分離独立運動がありますし、カナダでもそうですよね。カナダにはロシア語の通じる地域がありますが、ロシアの亡命者が集まっている所があります。

姜　それはユダヤ系のロシア人ですか。

五木　ユダヤ系のロシア人が多いです。トランプ大統領が登場して、ヒスパニック系の移民を「不法移民だ」と言っているわけですが、移民を否定するとは、アメリカはもともと移民の国じゃないか、おかしいじゃないか、という見かたも非常に強いのです。今どこの国のカルチャーにしても、たとえば、パリが国際都市として評価されるのは、ピカソをはじめとして、多くのアーティストが、スペイン人をはじめ外国人だからです。

姜　そうです。

五木　イギリス文学も、外国人は大変多いですよね。

姜　多いですね。

五木　『地獄の黙示録』の原作（『闇の奥』）の著者、ジョゼフ・コンラッドとか。コンラッドはポーランド人です。現在だとカズオ・イシグロもそうですよね。彼は五歳ぐらいの時に日本から移住してしまって、今や英国文学の作家として評価されているわけですから。

アメリカの音楽の多くも、ロシア人によるものです。『ＯＫ牧場の決斗』など西部劇の音楽は、ディミトリ・ティオムキンという、ロシア人がつくっている。

姜　そうですか（笑）。

五木　「イースター・パレード」の作曲もそうですし、「ホワイト・クリスマス」もそうだと聞きました。

ダブル・アイデンティティ

姜　それと関連するのですが、五木さんは、年齢的には作家の李恢成《イフェソン》さんと同じぐらいでしょうか。

五木　李恢成さんとは大学でクラスは一緒でしたが、年齢は、二、三歳、僕が上だと思います。

姜　李恢成さんと話したら、五木さんと同じようなことをおっしゃっていました。われわれ在日文学は、結局、世界性を持ちえなかった、と。在日文学というジャンルの中にいる限り、結局、自分たちは、どこかで日本文学の間借りをしているようなものじゃないか。カフカ（チェコ出身のドイツ語作家）のようなことが、自分たちはできなかったと、話されていました。

五木　確かに、ロシア人などは意外に国籍を気にしないですね。

姜　でしょうね。

五木　シベリアに捕虜《ほりょ》として抑留された人たちで、ロシア人と結婚して帰ってこなかった人もいます。その人たちは落地成根を志した人たちだと思う。つまり、抑留された人たちがすべて「ダモイ（帰国）」を願い、「異国の丘」を歌いながら帰国を熱望していたわけじゃない。「こっちにいたほうが、あの国に暮らすよりは居心地がいい」という人たちがいて、その人たちが現地で結婚し、子供をつくる。日本人集落はシベリアのあちこちにあるんですよ。シベリアに行った時イルクーツクで日本人墓地というのを見つけたのですけれども、日本の流行歌を歌う子供たちがいたんだ。

姜　そうでしたか。

五木　「どこで憶えたんだい？」と訊いたら、親父から聞いた、と。「親父はヤポンスキーだ」と。

姜　日本人だ。

五木　そのように土地に根づいてしまう人もいたのですよ。そうしたことに偏見が意外とないのがロシアです。ロシアでプーシキンは国民的な詩人というだけでなく、ロシア文学を確立した偉大な存在ですが、プーシキンの先祖はエチオピアの人です。

姜　そうだったんですか。

五木　レーニンの出自についても、いろんな見かたがありますね。スターリンも、出身はジョージア（旧称グルジア）でしょう？　ロシア出身でない人たちがロシアの政治もつくりあげている。エカテリーナはドイツ系ですし。

姜　逆に言うと、ルーツはあまり問わずに、ある程度インクルードというか包摂《ほうせつ》されている中で育つと、国境を越えた何かが出来上がると思うのです。

今、僕の目から見てもいわゆる在日文学と言えるものはもうほとんどありません。考えてみれば、台湾出身の邱永漢《きゅうえいかん》さんも自分で在日文学と言っていなかったわけですし、在日文学者として名前が出てきたのは朝鮮半島の出身者だけかなという気がします。最近やっと、この年になって、国籍はあまり関係ないんじゃないか？　という気になってきました。

五木　むしろデラシネであることがプラスにならないか、というのが、僕の考えなんです。以前、柳美里《ゆうみり》さんと対談した時に、宙ぶらりんの状態、宙吊《づ》りの状態で引き裂かれたかたちでいる、アイデンティティの喪失ということを言っていました。でも、それはダブル・アイデンティティということですから。両方のアイデンティティを持っているということで、より豊かな可能性があるわけなのです。これからはハーフなんていわずにダブルって言ったらどうですか、と言ったのですけれども（笑）。

不思議なことに、デラシネ的な体験を持った人たちは、たとえば文学ということでいうと、エンターテインメントの方向へ行く人が多い。大藪春彦《おおやぶはるひこ》さんをはじめ、偏見のない、自由な感じで、いい仕事をしている人が多いんですよ。古山高麗雄《ふるやまこまお》とか池田満寿夫《いけだますお》とか、国境を越えている人が多い。

姜　安部公房《あべこうぼう》さんもそうですね。

五木　彼らはデラシネ的な運命というものを、豊かな方向へ伸ばしていった人たちではないでしょうか。

アルジェリア人と在日一世

姜　五木さんは本田哲郎さんとの対談、『聖書と歎異抄』（東京書籍／二〇一七年）の中で、他人を犠牲として生き残った者が戦地から帰ってこれたのだと述べてますね。キリスト教的に言えば自分は「罪人《つみびと》」だということになると思うのですが、今のヨーロッパに難民として来て、生き残った人たちも、今後、どうしていくのかなという気もするのです。

五木　そうですね。現代の非常に複雑なところは、加害者がいつ被害者に転じるかわからず、被害者がいつ加害者になるかわからないという。その複雑さにあるんですよ。

姜　そうです、そうです。

五木　今の世紀の象徴的な在りかたとして、たとえば自分が学生時代には、実存主義が盛んだったのですが、学生たちは二分されて、サルトル派とカミュ派とがいたわけです。アルベール・カミュはアルジェリア、フランス領アルジェリアに育ちました。

姜　そうでした。

五木　アフリカを追われてフランス本国へ帰ってくる。本国にはブルジョアジーのシンボルであるサルトルみたいな秀才がいるけれども、彼の心にあるのはアルジェリアの太陽であり、アルジェリアの海の色であり空の色である。だけど、それを懐かしいと言うことはできない。「禁じられた土地」ですからね。そこへ帰ることも、追われた人間だから、許されない。

フランス語では、外地に住んだ人びと（フランス系アルジェリア移民）のことを「ピエ・ノアール」と称《よ》ぶのだそうです。「黒い足」ですね。そういう人間としてカミュは『エトランジェ L'Étranger』（一九四二年）という小説を書いて、『異邦人』と訳されているけれど、あれは「異邦人」と訳すより、「引揚者」と訳したほうがいいんじゃないかと、僕は勝手に考えた時代がありました（笑）。

姜　ああ、「引揚者」。

五木　エトランジェというのはまさにそうですよね。

働く場所がふるさとだ

五木　僕の故郷は筑豊ではないのだけど、筑豊にアルバイトで行った時、ここに帰ってくればよかったと思ったことがありました。そこはどこの国籍も問わず、出自も問わず、経歴も問わずに、働く者の世界で、まるで筑豊共和国のようなイメージがありました。

姜　僕が、移民系のデモを取材に行って発見したのは、アルジェリア戦争でフランス側についたベルベル人が、アルジェリアが独立するとフランスに亡命し、そしてフランス政府からも見放されて生きてきた。「アルキー」と呼ばれる人々です。その人たちに会ったんですね。そうしたら、驚きました。在日一世と同じ顔をしていたのですよ。

五木　うーん……。

姜　在日一世の顔と同じように、みんな皺《しわ》が深かったのです。手も。

僕に「ジャポネ（日本人）か?」と訊くから、「いや、違う。コリアン（韓国人）だ。でも日本で生まれた」と答えると、「なぜそういう人間が自分たちに会いに来たんだ?」と。彼らは母国アルジェリアから見放され、フランスからもその存在を否定され、数年間、収容所に入れられた後に、炭鉱などで働いてきた人たちでした。

五木　ああ……。

姜　手を見たら、こんなに節《ふし》くれだって。でも、皮肉にも、彼は、「子供はフランス人と結婚し、自分が孫に話をしても通じない」と。そんな話をしていたのです。

その時に僕は、自分の父親に会っているような感じがして、胸を打たれました。

五木　こういうことがあったのですよ。視察を頼まれて、ブラジルやドイツなどあちこちを回りました。筑豊から移住して、その土地の炭鉱で働いている人たちを訪ねたのですが、福岡の話などして、「筑豊が懐かしいでしょう？」と聞いたら、「いや、べつに」って、けろっとしている。

姜　ええー。

五木　「さびしくはないですか？」、「いやーもう、ボタのある所は、どこでん俺たちの故郷じゃけんね」という言いかたをする。

姜　あっけらかんとしている。

五木　つまり労働者にとっては、働く場所が自分の「故郷」なんですよね。石炭を掘るというのが炭鉱労働者の仕事だから。それだったらドイツでもブラジルでも、「どこでん筑豊と同じたい」という。これを筑豊では「吹っ切れとる」という言いかたをします。川筋気質《かわすじかたぎ》という労働者の気質。「吹っ切れとる」と。

姜　ああ……。

五木　福岡の炭鉱といえば、どちらかというと大牟田《おおむた》のほうの三井・三池炭鉱が注目されるのですが、筑豊であれ大牟田であれ、ドイツであれブラジルであれ、まぁ、炭鉱で働くのはどこでも一緒なのだという。これはひとつのデラシネの思想の寄りどころだというふうに思う時がありました。

姜　センチメンタルなものが吹っ切れている。

五木　吹っ切れてます。働くもの、という一点でね。

北海道の赤平《あかびら》で講演をしている時に、観客のことばが妙に九州弁に似ているんですよ。「ここのことばは九州弁とそっくりですね」と言ったら、集団移植で何百人と家族ぐるみで筑豊の人が町に働きに来て、みんな九州弁を使うものだから、町の人たちも九州弁を使うようになったんだという話を聞きました。ここでも流浪の民という感じではなくて、働く現場では俺たちが主役、という。

姜　やっぱりそれは、落地成根ということなんですね。

五木　落地成根ですね。
　たとえば、かつて進歩的な雑誌から筑豊の惨状をルポしてくれと言われて行ったのですが、昔はボタ山が鯨《くじら》の背中のように乱立して、中元寺川なんて真っ黒な川でした。今、それが緑の平野になった。僕は「緑の柩《ひつぎ》」と表現したのだけれども、川は泳げるほどきれいな水になっている。

姜　そうですか。

五木　それはどういうことかというと、もともとあそこは農村だったんですよ。明治の頃に、八幡製鐵や軍などにエネルギーを供給する場所として、玄洋社なども活躍して、財閥系が、あの辺を切り取っていったわけです。けれども、そこから追われた農民たちがいる。あるいは一部が残って、労働者になった。かつて黒煙の上がっていた、その活力に満ちた、エネルギーを供給する王国が、もともとの田園地帯に戻ろうとしている。
　だから、何の文句があるか、と（笑）。それまでは、偉大なる自然破壊が日本の近代化とともにおこなわれたわけですから。

姜　僕がドイツへ行った時も、三池から炭鉱労働者としてドイツに渡った人が、けっこういることを知りました。

五木　ドイツには非常に多い。

姜　三世ぐらいまでいると聞いて驚きました。韓国からも炭鉱労働者とナースが多かったのです。やはり落地成根。

五木　そうなんですね。たとえば朝鮮人労働者も筑豊にはたくさん送り込まれていました。

姜　ああ、でしょうね。足尾銅山にも、朝鮮人労働者の鉱区と集落がありました。

五木　彼らは、そこで失業するとドイツへ行ったりブラジルへ行ったりする。

姜　そうだと思います。僕の父親・母親も、今から思うと……二世のほうが少し学があるので、変な知識がついちゃって、ある種のセンチメンタリズムに走っちゃうんですかね。一世のほうがむしろあっけらかんとして、さっきおっしゃった、働く場所があるならば、どこでもいいじゃないかというふうに考える。それはやはりデラシネの、あるすごさなのでしょうか。

五木　それを大事な精神的遺産として、しっかり受け継いでいくべきだと思います。コスモポリタン的なものというより、インターナショナリズムと言いますかデラシネの伝統として、受け継いでいくべきものとして考えられるのではないでしょうか。

移動する者の減少

姜　大学で学生諸君と会って、ひとつ言えることは、現代の学生は移動性というものが少ないことです。モビリティの欠如というか。たとえば都内のある私立大学で今教えていますが、関東圏の出身者が大半ですね。

五木　へーえ。

姜　東大がたぶん五〇パーセント以上、早稲田も圧倒的多数が関東圏。

五木　そうなりましたかね。僕の頃は、早稲田なんてのは田舎者が集まる大学だと思っていたけど（笑）。

姜　東工大もそうでしょう。そうすると、最初の話に戻るのですが、どうして今、運命とか運を考えるかというと、移動がなくなってきたことにも関係するんじゃないか……。

五木　そこです、大問題は。「格差」は問題じゃない。「固定」が問題だと。

姜　そうなんです。

五木　一代の成金が出てきても、それはべつに良いじゃないですか。アメリカン・ドリームでね。

姜　いいんです、いいんです。

五木　それが固定してしまって、その固定化が、たとえば都市住民とか農村の住民、地方とか、その中のインテリとか労働者とか、出身による階級の固定がそこで生まれてくるのが問題だと、僕は思っています。

姜　大問題ですね。合コンも、六大学は六大学の間でやるらしい。五木さんの頃は、ブルジョアの娘と極貧の男性が駆け落ちする話とか、ありましたでしょう？

五木　ありました。そういう例は確かにあった。大学に来て、学生運動や労働運動に入ったりするような人たちも、ブルジョア階級のほうが多かった。

姜　ところが、今はもう、全国区の大学と言いながら、ローカル化していて、ほとんどモビリティがないんです。

五木　それは大問題ですね。

姜　同様に、海外に出ようとか、グローバル化を大人がいろいろ言うわりには、彼らはほとんど日本国内も移動していない。

五木　最近、海外への留学生も少なくなっているそうですね。

姜　少なくなりました。

五木　海外旅行はべつにしなくてもいいと言う若い人がすごく多いし、自動車さえ要らないと。それは、ある意味での停滞化だと思う。

姜　そうですね。ある種、中世化している。

五木　一九六〇年代に、小田実《おだまこと》の『何でも見てやろう』（河出書房新社／一九六一年）を読んで、みんなデイパックを背負って無銭旅行で、海外にどんどん飛び出した時代がありました。そうしたエネルギーが、高度経済成長のバックにあったと思うんですよ。今は、べつに行かなくてもいいや、という。

姜　とくにバックパッカーは、ヨーロッパ系の若い人が今は多いですね、日本では、固定化されているために、運命という観念に、すごく縛られるのでしょう。縦にも横にもモビリティのない社会になってしまったので。

五木　以前は出自を超えるということが、若者のひとつの大きなテーマでしたのに。

姜　異質なものが交じり合ったり、ケンカをしたり。そこには必ずモビリティというか、移動する人間の宿命のようなものがありました。

五木　コンフリクト（衝突）を避けるような雰囲気が社会に非常に強いですね。

姜　避けるのです。そこが今、最大の問題ではないかと。

五木　たとえば今、自動車産業が直面している課題のひとつは、自動運転の導入ですよね。自動運転というのは、衝突を自分の力ではなく、機械的に避けてもらうということです。駐車する時でも、ボタンを押せば入っちゃうという（笑）。同じ方法で、衝突を自動的に回避する。すごい進歩ですね。

姜　そういうことですね。

五木　だけど、人間にあてはめると、衝突によって進歩とか発展ということがあるのに、そこを避けていこうとするのはどうなのでしょう。しかし、九十歳の高齢者でもドライブできるかもしれない（笑）。

姜　逆に言えば、差別をしている側も、差別をしているという意識がなくなってくるでしょうしね、そうなると。

五木　ああ、そうですね。

姜　そういう感覚が、今の二十代ぐらいの、学生も含めて若者の感覚でしょう。コンフリクトや、感動とか物の見かたが変わるとか、そういうことがあまりない、フラットな人生を歩んでいきたいというような若者たちが多い。

新しいデラシネの思想を

五木　明治の頃、廃仏毀釈《はいぶつきしゃく》の運動が巻き起こって、一時期、全国を席巻《せっけん》したことがありました。

姜　ええ。

五木　隠岐《おき》のどこかの島で、公園のような所に、石仏とかお地蔵さんとかが、山のように積み上げられ、廃棄されているのを見たことがあります。

今、隠岐では、お寺は神社にくらべてずっと少ないのです。隠岐はナショナリズムの強い所ですから。

姜　ええ、当然ですね。

五木　「海の十津川《とつがわ》」と称したのです。奈良県南大和の十津川郷は朝廷に対して歴史的に忠節を尽くすロイヤリティのある土地柄ですが、隠岐も明治維新の時に勤皇をつらぬいた所です。だけど、あれほど神仏分離令で大きな寺々が打ち壊され、指弾を受けたのは、日本の差別や階級制度を維持するうえで、かつて寺がその執行機関になっていたということがいちばん大きい理由でしょう。

姜　なるほど。

五木　たとえば、旅行に行く時には、お寺のご住職から許可証をもらわなければいけなかった。生まれたら寺に登録し、戸籍のようなものもつくらなければいけない。何か悪いことをして村八分にされると……村八分ならまだ何とかなるけど、寺から籍を抜かれてしまうと、無宿者の扱いになってしまう。そういう歴史がずっと続いてきたために、明治維新の寺への反動は、べらぼうに大きかったわけですね。

姜　あぁ……。

五木　その中で、宿業とか宿命とか運命とか前世という言いかたが、差別の非常に大きな理由として、人びとの間に大きな影響を及ぼしたという事実もあります。

姜　その点では、ヨーロッパも、聖俗二元論というのでしょうか、新約聖書の「ローマ人への手紙」を見ても、「権威には逆らうな」とある。その権威は神から与えられたものであるからそれに逆らうな、と。ルターだって農民戦争を弾圧するほうにまわったのです。つまり、聖と俗では、俗の世界は聖なる世界が定め給うたものなのだという。それはやはりプロテスタンティズムの中にもありますね。

五木　真宗はプロテスタント的な要素が強いにもかかわらず、蓮如が批判される要因は、聖俗二諦《にたい》論、つまり「額《ひたい》に王法《おうぼう》、心に仏法《ぶっぽう》」という説を強く挙げたからです。額には王法＝国の法律を。つまりちゃんと税金も払い、心には仏法を抱け、と。

これは、仮想的存在論というか、教団維持のためのひとつの戦術ではあったのでしょうけれども。

姜　でしょうね。

五木　しかしそれが本質だとされてしまうと……。

姜　布教のためには、やはりやらなければいけないことなのでしょうか。

五木　新しい勢力が伸びていくためには、さまざまなかたちでの妥協も必要だということはよくわかるのですが、それがひとつの教義となってしまうと、問題なんですよ。運命はもう、あきらめろ、あきらめろと。

姜　あきらめろということですね。

五木　そこから、差別される側には、前世が悪かったのだから、これはしょうがないというとんでもない考えかたが、生まれてくる。

姜　それは因果だ、というような。

五木　因果論ですよね。仏教というと、何となく因果とか宿命とかに妥協するような印象があるけれど、もともと、バラモンというもっと古いインドの教えが、宿命と階級というものを受け入れていた。それに対する反発や抵抗として、いわゆるブッダの四民平等が生まれたのです。

姜　そこから始まった。

五木　基本的には。サンガという、仏教を修行する人たちの集まりの共同体の中では、四民平等であり、出自を問わない。

しかし、あの国は決定的に、バラモンとかクシャトリア、シュードラとかアウトカーストとかいう階級差別が強烈なところでしたから。しかしそれが強ければ強いほど、それに対する抵抗もまた生まれてくる。

姜　そうですね。

五木　だけど、今の日本の仏教は、そういう仏教の原点や歴史に全然関係のないところで動いてきているような気がします。

姜　それから世界では社会の構造がだんだんと変わってきた。差別・被差別について、たとえばアメリカだと、かなり激しくぶつかり合いました。そうすると差別する側も、される側も、何かのリアクションがあるわけですね。ところが今は、最初からたがいにそうした接点を持たないようにしている。

五木　おっしゃるとおりです。たとえば、以前僕がデトロイトに行った時、道路を挟んで、こっち側が富裕層の住まい、あっち側は貧民の住まいと区別され、天国と地獄ほど区別されていた。それでも道路を挟んで、ということだったのです。しかし最近はそれが閉ざされた空間となり、高級住宅地は周囲を柵で城郭のように囲んでしまい、ゲートがあって、出入りも厳しくチェックする。中は完全に安全である。一方には極貧の地帯が広がっている。そういうふうに固定化されていく。かつての植民地の、租界地のようなな。

姜　現在のキー・ワードのひとつは、僕はやはり「壁」だと思うのです。

五木　壁。

姜　ええ。セグリゲート（分離、隔離）というか。とにかく分けていく。まるで別世界のように。問題は、どこに自分が生まれついたかということによって、壁の内外が決まってしまうことです。

五木　いや、ほんとにそうです。

姜　今度『デトロイト』という、一九六七年のデトロイト暴動を扱った映画が公開されますけど、五木さんがデトロイトへ行かれたのはいつ頃ですか。
五木　二十年ぐらい前ですが、デトロイトの自動車関連の産業がまったくだめになって、街には、空き家がいっぱいでした。空き家はだいたい、火事でまっ黒に焼けているんです。夜中に若い人が集まってきて、パーティをやる。落書きがいっぱいで、こんなにひどいありさまがあるのかと思うほどです。
デトロイトがいちばんひどい時でした。そうした地帯に生きている人たちの鬱積《うっせき》した感情がそうとう溜《た》まっていて、今度のトランプ政権誕生にも……。
姜　出てきたのでしょうね。
五木　突破者というか、そういう人物としての期待があったんじゃないでしょうか。
姜　しかしおたがいが分離されて、差別・被差別の感覚すらないとすれば、かつての高度経済成長期のような、差別の中でも頑張るというテーマを美辞麗句であらわすような、映画や物語も成り立たないでしょう。
五木　『破戒』（島崎藤村）なんて小説は出てこないでしょうね、今。
姜　出てこないでしょうね。その時に、その世界を少しでも突破していくには、やはり移動することが重要になるんじゃないかなと思います。

五木　絶対そうだと思います。ただ、海外の今の状況は、移動というより漂流ですよ。

姜　漂流ですか。

五木　航海者でなくて漂流者。航海者の思想と漂流者の思想は違うと僕は思っているのですが、外部の力によって無理やり追われたり移住させられたりするのが漂流。いわゆる民族移動も外部の力でおこなわれる。

姜　ええ。

五木　そういう中で、たとえばシリアの人たちの難民としての生きかた、立ち位置、その思想というものが、どういうふうに確立されていくかということに……。

姜　興味がある。

五木　すごく興味がありますね。そこから二十一世紀の新しい視野、つまり新しいデラシネの思想というものが生まれてくるんじゃないかと。

姜　そこから新しい世界文学みたいなものも……。

五木　出てくるんじゃないか。

姜　逆に言えば、イシグロさんのような作家を日本で受け入れられるようになればいい、と。

地震、戦争、時限爆弾

姜　五木さんが考える、これからの日本の社会がどうなるのか、ということについて、ぜひうかがいたい。

五木　いろんな学者の方の予測は、だいたい二十年以上先のことについてなのですね。三十年、五十年先の将来の予測が多い。でも、僕は、この十年、少なくとも五年でいいから、近々未来の予測をちゃんと聞かせてもらいたいと思うのです。

ただ、学問として未来について物を言う時には、偶然の出来事は要素に入れられないでしょう。偶然を入れると学問にならないですよね。

姜　ええ。

五木　だけど、現実には偶然という要素はすごく大きいんですよ、世の中には（笑）。だからこそ運命などという、あの時なぜあんなことがあったのか、という話が出てくるのだと思うのですが。しかしそうすると、今年はどうなるかという予測だって、なかなか……。

姜　できないでしょう。難しい。

五木　予測は立たないですね。

姜　多くの方が運命について言いだしたのは、やはり大震災の影響もあるのではないかなと思います。

五木　これこそ、もう計算しようのない出来事ですからね。

姜　不確実性が自然と人間社会の本来の姿であり歴史であるということを、僕も高度成長の子供だから、忘れていましたし。だから、みんなと会って話をすると、若い人がとくにそうなのですが、不確実性というものが、どうしようもないものであり、自分にどう舞いこんでくるのかということに、ものすごくデリケートになっている部分があるようです。そこに運命論がからんでくる。

五木　たとえば、今、日本人の持っている最大の不安、三つの不安といえば、どういうものでしょうか。

姜　やはりひとつは、東北や九州のような大震災。自然災害がここまで列島を襲うのは、確かにこれまで地震や台風や水害はありましたけれど、数千、数万という単位で人が死ぬということは近年なかったですから。あとはやはり戦争の可能性という問題になりますね。

あとひとつ、みんな考えているのは、自分たちの社会が、どこかに時限爆弾を抱えているんじゃないかという漠とした不安です。これは財政的な危機を含めて、潜在的な、休火山の上で踊っているような、そういう感覚があるような気はするのですけれど。

五木　現代の不安の3Kについてよく言うのですが……。

定年退職する時に、どれだけの現金を用意しておけばいいか。百年生きる可能性だってあるわけですから、いくらあればあと四十年を暮らせるか、二千万円あればいいとか、二千五百万円あればいいとか、いろいろ言われていますが、これも超インフレ経済の体験者としては、全然、あてにならないわけです。

姜　あてにならないと思います。

五木　そうなってくると、貨幣価値が下がろうと、株価が上がろうと下がろうと、円がどうなろうと関係のない価値があるものとしたら、健康じゃないかという。

姜　そういうことですね。

五木　だから、カネと健康問題ということで、K・K、ですね。あとは国際情勢ですよね。

姜　そうです。

五木　これがやはり今の日本人の上に、ことばにならないプレッシャーを与えていると思います。

姜　そう思います。国際情勢といえば北朝鮮の問題。

五木　カネと国際政治と健康。この三つのKが今、世の中のいちばん大きな、ことばにならない不安をかきたてているのではないか。

姜　そういう点で、時代をアナロジカル（類推的）に見ては良くないかもしれませんが、一九二〇年代に状況が似ているのではないかという感じは持っています。

五木　確かにね。戦争に対してどうこの国が備えようとしているか、どこへ向かおうとしているかは、予算案を見ても、法律案を見ても、誰にでもわかると思うんですよ。憲法改正論議から始まって。

姜　はい。

五木　経済問題も、今の大学の学費が高騰しているのには、びっくりしましたね。

姜　それはそうです。

五木　僕らの時には、昭和二十七年（一九五二年）ですが、早稲田大学の入学金は五千円、授業料が一万七千円ですから。嘘みたいですよ。今は子供がふたりいて、大学にやるとすると、ふつうの公務員やサラリーマンじゃ、やっていけないでしょう。

姜　もう無理ですね。

五木　いくら子供がアルバイトをしてくれると言っても。

姜　東大に入学しても、奨学金の返済額が卒業時点で数百万円とか、ざらにいますから。

五木　健康格差というのもあります。七十過ぎてもピンピンしている人と、ガターッと体調が不安定になってくる人とあって、これはそれこそ運命という以外にないですかね。

姜　ええ。

五木　僕は戦後七十年間病院に行かなかったのですが、歯医者さんには行ってました。一度、歯医者さんが、助手の人や看護師さんを集めていました。「すごい人が来たよ、見てごらん」と見ると、口の中、歯垢《しこう》だらけで、一度も歯を磨いたことがないくらいなのに、一本も悪い歯はないという人なんだって。もう七十ぐらいのご老人でね。

姜　そうですか（笑）。五木さんじゃなかったんですね。

五木　いや、僕じゃないんです（笑）。僕はもうあちこち悪いのですが。その方は草加せんべいでも何でもバリバリ食べるという人です。そういう人もあるかと思えば、僕の長年の友人の作家もそうだけど、若い時に総入れ歯にしていました。

姜　そうでしたか。

五木　歯の悪い人ってほんとうに大変なんですよ。それは不養生とか不摂生じゃないんです。もう生まれついての歯質なんですよね。

姜　それは僕はよくわかる。じつは十年ぐらい前、どうしても栓《せん》抜きがなかったので、歯で開けたことがあるんですよ。

五木　えっ、それはすごい（笑）。

姜　僕の母親は八十歳まで生きましたけど、一度も歯医者に行ったことがないのです。

五木　やっぱり遺伝かなぁ。

姜　僕も高校時代ぐらいまではコーラを飲む時、けっこう、歯で開けていました。おっしゃるとおり、この差は何によって生まれるかは説明できないですね。

五木　しかし、それが非常に大きな問題なんです。社会的な格差は、ある程度、是正できる。しかし身体能力の格差などは、たとえば努力しろとよく言うけれど、努力する能力を持った人もいるんですよね。

姜　いますね。

五木　努力がどうしても続かないという人もいます。これは体質ということもあります、本人の意志の力と言うけれど、意志が強い弱いも、生まれつきという面があるのかもしれませんから。このことを考えても、どうしても運命論的になっていかざるをえない部分があって。

朝鮮半島情勢とメディア

姜　ただ、僕は、戦争について言うと、これから（対談時：二〇一八年一月）の朝鮮半島情勢には意外と楽観的で、戦争は起きないのではないかと、そう思っています。

五木　ほう。それは珍しい意見ですね。じつは、僕も似たような感覚を持っているのですが、姜さんはどういう理由でですか。

姜　元韓国大統領の金大中《キムデジュン》さんとずっと交流があったのです。彼が言うには、北朝鮮は、熊本弁で言うと、「やおいかん」（難しい、簡単にいかない）と。しかし、やおいかんけど、彼らの行動原理をじっくり見てみると、ある法則がある。その法則さえわかれば対応ができるのだと、僕に何度か言っていたのです。

五木　法則ねえ。

姜　だから、彼らの行動に一喜一憂して、右に揺れたり左に揺れたりしてはだめだ、と。

五木　今、まさにそうですね。

姜　僕は、去年（二〇一七年）の時点から、北朝鮮は間違いなく、くせ球を投げて、平和攻勢をかけてくるんじゃないかと思っていたんです。でも、半島にもうすぐ戦争が起きる、と言う政治家や評論家も多くいたわけですね。

五木　いや、そのとおり。

姜　昨年は核実験とミサイル発射をしましたが、今年からは情勢がガラリと変わるのではないか、というふうには言っていたんです。

五木　ほーう、そうですか。

姜　金正恩《キムジョンウン》は、今年の正月は、銀行員みたいなスーツ姿であらわれましたね。

五木　背広姿で出ました。

姜　驚いたのは、バッジをしていないんですよ。今までは常につけていた、父親と金日成《キムイルソン》のバッジです。バッジをしていないということは、三代目からニューエイジが始まるよというアピールではないか、と。

五木　なるほど。

姜　金大中さんと話してて、僕が「金正恩ってどういう人ですか？」と聞いたら、「独裁者だがクレバーだ、しかし、残忍な男だ」と。でも、「クレイジーではない」と言っていました。

もしかしたら金日成は、アメリカに対する抑止力を、とにかく三代目までに完成させよという家訓を残したんじゃないか。金正恩はその家訓をいちおう自分がやりとげた。これからは新しい自分の時代を自分で切り拓く。それで、あえて人民服ではなく、アルマーニ風で出てきたんじゃないかと。

五木　ふーん。

姜　朝鮮半島は、戦争するよりは、長い時間をかけて北朝鮮を変えていったほうがいいので、それを僕は何度も言ってきたのですが、なかなか世論的には受け入れてもらえなかったんです。

ただ、一九九五年でしたか、西ドイツの元外相、（ハンス＝ディートリヒ・）ゲンシャーという人にお会いした時、「自分は東ドイツから逃げてきた。寝ても覚めても、東ドイツという国が地上からなくなってほしいと思っていた。でも、朝起きると、それはある。あるのにないと思うのは、空想の世界だ。ある以上は交渉しなければいけない。これが政治だ」と、僕に言ったんです。

確かに、今の北朝鮮がなくなってほしいと思う人もいるでしょう。思うけれど、実際にはある。ある以上は行かなければいけない、というふうに、金大中さんも僕に言っていたのです。一方で日本はことばだけはものすごく激しいことを北朝鮮に言っても、全然接点は持たないわけですよ。

だから、接点だけは持ったほうがいいと思っていましたし、意外と戦争は起きないんじゃないかと。五木さんの、戦争が起きないという理由とは、どういうところからですか。

五木　僕は感覚的な言いかたですが、北であれ、南であれ、それぞれの家族に、親戚同士が多いでしょう。南にいる人たちで、北に親戚やルーツのある人が、いっぱいいる。

姜　います、います。

五木　とくに知識人などは非常に多い。

姜　多いですね。

五木　朝鮮戦争の時に北から南へ来た人もたくさんいるし。そういう意味で、身内という感覚が強い民族だと思いますから。

姜　強い。強い。

五木　同じ血のつながった民族同士で、火の海にして何百万人も殺すようなことはやらないんじゃないかという気が、そこに暮らした者の感覚として、僕はずっと感じているんですけど。

姜　そのとおりだと思います。

五木　日本では戊辰戦争の頃は同じ民族同士争ったじゃないか、という見かたはありますけども。板門店を中心にしてどんなに両方対立していても、ある種の血のつながりというものを断ち切るようなことはできないんじゃないかなと、思っているところがある。

姜　僕もそれに近い感覚です。今年一年を見てみないとわかりませんが、ここでどうなるかは、これからの五年を決めると思います。

五木　「イビョル」(離別)という歌がありますね。作曲者はキル・オギュン、日本名・吉屋潤《よしやじゅん》といったかな。

姜　そうです。

五木　韓国の音楽団体の会長さんをされていましたが、たしか生まれが北朝鮮の寧辺《ヨンビョン》ですね。

姜　寧辺でしたか。

五木　そのことをとても懐かしく話されていました。彼のまわりにいる、評論家やジャーナリストも、北のルーツの人たちが多かった。

姜　そうかもしれません。

五木　北と南とに分断されても、そのように人間は入り組んでいるんですよね。朝鮮半島は本当は一体だという感じが僕はどうしてもあります。

姜　それをナショナリズムと見るかどうかは別にしても、意外と戦争は起きないのではないかと、僕は思っています。

五木　でも、ジャーナリズムの特需は戦争なんですよ（笑）。

姜　そういうことですね。

五木　明治以来、戦争のたびごとに新聞の部数は伸びているわけですし、テレビ・メディアも、日本国内で日本相撲協会の内紛話を毎日やっていたけれど、あれも内戦みたいなものじゃないですか、ある意味では（笑）。

テレビや新聞が戦争をあおるように報道するのは本来の姿です。争いごとがあると、視聴率や購買数が上がるのがメディアですから。メディアとは罪深いものだなぁと、つくづく思いますね。明治の頃もやはり反戦を唱えていたような新聞は潰《つぶ》れていますし。

姜 だから最近は、僕もあまりメディアには出ないように(笑)。

格差が生んだもの

五木 先日、しゃべったら誤解を招きかねないと言われたのだけれど、法隆寺や東大寺をはじめ、日本の文化遺産と言われるものは、歴史的には、富の格差と権力の集中によって出来たものばかりですよね。われわれ国民が文化遺産として大切にして、民族の伝統の象徴であるとされるようなものは、そこで酷使された労働力とか、集められた予算は血税の搾取によって作り上げられたものばかりですから。

文化遺産には罪がある。つまり文化には罪がある。罪深いものだと、僕は思っているのです。階級がフラットな状況だったら絶対になしえなかったものですから。

姜 ありえないですね。確かにそうだと思う。

五木　世界遺産というのはだいたいみんな、罪深いものだと、いつも見るたびに思うのですけれど。ピラミッドからはじまって。

姜　それが美しく見えるというのもまた罪深い。「誤解を招く」とは？。

五木　格差を擁護《ようご》するのではないか、というような。しかしやはり権力の集中と経済の格差がないと成立しないでしょう。ああしたものは。

姜　日本もそういう面はありますね。

五木　今の東京が特徴のある建築ひとつ建っておらず、みんな箱のような近代ビルばっかりだというのも、戦後七十年はとりあえずそれほどの格差が進行していなかったからだと思いますね。これが明治の頃の建物や官庁、駅にしても、東京駅は今見てもすごいと思うし。

「天罰」と忘却

――（編集部）『3・11以後とキリスト教』（荒井献・本田哲郎・高橋哲哉／ぷねうま舎／二〇一三年）という本に、東日本大震災の時に、ある政治家が、「あれは天罰だ」と言ったとあります。その本には、かつて内村鑑三が「関東大震災は民の堕落による天罰だ」と主張した、ともありました。3・11が天罰、裁きだという見かたについては、どう思われますか？

五木　そういう論は古代からずっとあります。

姜　ありますよね。

五木　何か大きな災害があるたびに。バビロンの堕落からはじまって。

姜　長崎の原爆の時も、これは神が与えた試練である、ということを言った学者がいます。

五木　困難や不幸を、試練だととらえるキリスト教の独特の見かたですね。

姜　昔のリスボン大地震の時、やはりヨーロッパの大事件ですから、それをめぐっていろんな解釈が出ています。ただ僕はやはりそういうふうには思えない。

五木さんは、「十年後ぐらいには自分は東北の現地に行ってみようと思っているけれども、今は行くのをやめている」とおっしゃっていましたね。

五木　日本というのは、やはり流行というか、三年くらいで物事が醒《さ》めていくでしょう。その後が大事だと思ってるものですから。

姜　問題は、その出来事をどう意味づけするかでしょう、僕はこれをどう受け止めたらいいのか、今はまだ答えが出ていないんです。

五木　さまざまな人たちがさまざまな志をもって、復興など活動をやってきたにもかかわらず、歴史の中で見るとどうしても、被害や悲劇は放置され、忘れ去られていくことが多い。

姜　忘れ去られていくんですね。

五木　そこで出てくるんですよ、運命という感じがね。人間の古代からの何千年の歴史の中で、戦争も必ず起こる。

姜　でも、僕個人は、東日本大震災が起きてから、とても日本が好きになりました。逆にね。

五木　そうですか。

姜　自分は、この地で皆と運命をともにするのだと。日本に対する愛着や覚悟が、すごく強くなりました。

五木　なるほど。姜さんにとって大震災の影響はとても強かったのですね。

姜　非常に大きかったですね。そして熊本で地震が起きて、ますます……。不思議なことに、人間は、悲劇によっても、変化していくという面もあると思う。僕の場合、とても日本、熊本に対する郷土愛が深まりました。おそらく日本列島は、こういうことを何度も繰り返して今日に至ってきたのだろう、と。

五木 ヨーロッパやラテン・アメリカでも、中国でもそうなのですが、何千年という壮大な歴史を持つ建築物がありますよね、万里の長城など。

日本というのは、伊勢神宮もそうですけど、何十年おきに建て替えるというような文化があります。東京を見ても、これだけの経済的発展がありながら、同じようなコンクリートとプラスチックとガラスと軽金属の四角い建物が乱立していますでしょう。建てては壊し、壊しては建て……。江戸の街は火事が付き物で、すぐに燃え、すぐにまた新しく建てたという。そんな運命というか、宿命の下にある構造なのかなと思うこともある。

姜 僕はそれを因果だと最近思うようになりました。熊本地震に遭って、ますますそう思います。東京で、昨日も震度四ぐらいの地震がありました。五木さんと話している時に大地震に遭うかもしれない（笑）。

五木 いやもう、何が起こるかわからないという気持ちが非常に強いですね。そうすると、百年後、千年後に残すために物をつくるなんて、日本では意味ないじゃないか、と思ってしまう。そういう感覚がどこかにあるのですよ。それがこの日本の文化の基盤に大きく影響しているのではないでしょうか。

姜　僕が近年「無常」ということばを使うようになったのも、東北や熊本の震災の影響が大きかったと思います。二十五年前は阪神・淡路大震災がありましたが。

五木　忘れるということに関して、日本人はすごくタフな国民なんじゃないでしょうか。

姜　かもしれません。

五木　忘年会というように、忘れることをよしとする文化がある（笑）。象徴的ですね。ユダヤ人などはやっぱり忘れませんよ。血が覚えているというか。

姜　でも、日本列島で周期的に、何百年おきに、これだけの大地震が起きるとなると。

五木　ほんとですねえ。また来る可能性があるという。

姜　だからこそ四季折々の、これだけの美しい国土があるのかもしれない。

漂流者の覚悟

――先ほどお話に出た「裁くこと」についてはいかがですか。

姜　夏目漱石の場合で言うと、人を裁くことの問題を抱えながら、結局、彼はどこに落としこんだかと言えば、やっぱり因果だったと思うのです。

因果、宿縁というものは、それを受け入れる力には個人差があるんですね。受け入れるというのは、ただ受容して、それに耐えるというだけではない。北朝鮮をめぐる戦争が起きるか起きないかという問題も、辿《たど》っていけば、明治以来の征韓論に行き着くかもしれないわけです。

今、めぐりめぐって、過去の歴史を知れば知るほど、非常にわだかまりが出てくる面と、一方ではむしろわだかまりを捨てようという方向もある。

ただ、漱石やウェーバーもそうですが、結局、何を言いたいかというと、自由が最も重んじられる時代の中で、人が自由に生きられない。じゃ自由ってどういうことなのだろう。

それは、人間次第でいくらでも何でも変えられる、だから歴史も操作できる、その考えがかつての社会主義だと思うのです。ウェーバーという人は、それにものすごく懐疑的だった。漱石もそうです。

僕は、最近思うのです。じつは、自由というものは限られている。かなり限定されている。その中で人間は動いていていかざるをえない。それが因果なんだと。ある意味受け身で、運命として、時には虚無的に、それを受け入れる。人間の自由というものには限界があり、むしろそれを限界として受け入れる人間の感性みたいなもの。

——仏教の因果説とはちょっと違いますね。

姜　本来はね。良きおこないをすれば、良き結果が生じるというのが本来の因果説でしょう。原因と結果が直結している。でも、現実に起きていることは、むしろ逆の場合も多い。それはキリスト教的に言うと、弁神論なんですね。神の存在をどう正当化するか。

今、グローバル化の中で最大のプリンシプルは何かというと、自由でしょう。自由という、これは誰も否定できない根本的な原理なのだと。確かにそうなのだけれども、自由によって、いかようでもなるというのは大きな間違いで、じつはそうはならない。

いちばん言いたいのは、不自由であることの自覚を欠いた自由が、不幸の原因なのではないか。自由は何で生まれてくるか。それは、自分が生まれる前にあった歴史というものを背負ってくるわけでしょう。たとえば、僕がどうしてこの親から生まれたのかは説明できない。それを受け入れることを通じて、初めて自分が自由になるのかもしれない。

つまり、人間の絶対的な不自由さを、おたがいが認めない限り、自由に基づくさまざまな対立や衝突は避けられないのではないか。

基本的に漱石は、自由であるから人間は不幸なのだと思っていた。それは避けられない。だから、それは避けられないのだという事実を引き受けようと言う。

それを、漱石なら「覚悟」と言うと思うんですね。

第V部　おれたちはどう生きるか

西部《にしべ》邁《すすむ》の死

五木　一昨日、僕は大阪で講演をしていました。その直前に、西部さんの死の報《しら》せが耳に入ってきました。

姜　西部《にしべ》邁《すすむ》さんの訃報《ふほう》は驚きでした。何回か会われたことはございますか。

五木　何度かあります。そこで、講演では西部さんは現代の屈原《くつげん》（前三四三頃―前二七七頃）だ、という話をしたのです。

屈原という人物が、才能ある能吏であったにもかかわらず、所を得ずして、流浪の旅に出る。本人としては、世の中がみんな酒に酔っぱらったみたいな時代で、自分だけが醒《さ》めている。何ということだろうと嘆いているところへ、船頭が船を漕《こ》ぎ寄せて、「高貴な方とお見受けしますが、なぜそんなに嘆いておられるのですか」と聞く。屈原が「世間はみんな酔っぱらって、自分だけが醒めている。その醒めている自分が所を得ずこのような流浪をしているということを嘆いているのだ」と言うわけです。

姜　はい。

五木　するとその船頭が、歌をうたいながら舟で去っていく。「滄浪《そうろう》の水清らかな時には、冠の紐でも洗えばよい。もし滄浪の水濁れば、汚れた足でも洗えばいいではないか」（「滄浪の水清まば以て我が纓《えい》を濯《あら》ふべし。滄浪の水濁らば以て吾が足を濯うべし」）

というような歌をうたいつつ去っていくという話なのだけれども、結局、屈原はその後、汨羅《べきら》の淵に身を投げて死ぬのです。

姜　そうです。

五木　西部さんが亡くなる前に、「今の世の中、本当におかしい」、と。いろんな論客がいろんなことを言っているけれども、みんな間違っている。自分が正しいということ、これだけ時代に対してきちんとした見かたの意見であるにもかかわらず、と、すごく嘆いていらしたというのですね。

彼が論壇に出てきたのはオルテガ・イ・ガセットの大衆社会批判から始まっていますから、現代をポピュリズムの時代ととらえて、その中で知的エリートがないがしろにされているということに耐えがたいものがあったのではないか、と思いました。

姜　たしかにそうですね。

五木　それで、彼は現代の屈原だという感じを持ったのです。

姜　僕も西部さんとは何回かお会いしました。

五木　「朝まで生テレビ！」によく出ていらしてましたね。

姜　考えたのは、彼は北海道に生まれて、本土史観のようなものから除外された部分で生きてきた人じゃないかな、と。

五木　ああ、なるほど。そうか。

姜　話をしてて、あ、この人は保守であっても、本土の長い伝統の蓄積の中で育ってきた人ではなくて、まったく違うところから来た人なのではないかな、と思ったのです。

五木　なるほどねえ。

姜　ですから北と南で、僕は在日の立場でしたけど、立場を別にして、彼には何となくシンパシーがありました。

おっしゃるとおり、さかんに彼は「こんなに自分が血反吐《へど》を吐くように言っても言っても、むしろ逆の方向にすべてが動いていっている」という、歯がゆさみたいなものはあるようでした。

五木　彼がポピュリズム批判をやっていた頃から、どんどん大衆社会的状況は広がってきていますよね。自分の言論の無力さと同時に、時代が自分をふり向かないという寂《せき》寥《りょう》感もあったのではないかと思います。

姜　西部さんは、中庸《ちゅうよう》とか中間ということばが、大嫌いだったんです。中間というものに対する嫌悪感みたいなものが彼の中にあって。

五木　イギリスでは「ミドルクラス」ということばは蔑視のニュアンスを持っていますね。その感覚と似た嫌悪感があったのでしょうか。

姜　しかしまさか身投げをするとは。入水《じゅすい》をするというのは、よほど覚悟が必要でしょう。

五木　いや、自死の中でも溺死《できし》というのはとくに苦しいそうです。よくよくのことがなければできません。

姜　五木さんは、江藤淳さんとはお会いになりましたか。

五木　九州・沖縄文学賞（九州芸術祭文学賞）の最初の選考委員が江藤淳と安岡章太郎と僕の三人だったのです。

姜　そうだったのですか。

五木　ですから江藤さんの死後発表された遺書には、非常に心打たれるところがありました。江藤さんと西部さんと、ある意味ではつながっているような気もしますが。

姜　江藤さんと五木さんは、ほぼ同じ世代になりますか。

五木　たぶん昭和七年（一九三二年）頃の生まれだと思います。

姜　西部さんと江藤淳さんとどういう交流があったのかわからないのですが、江藤さんのことが頭をよぎりました。

五木　ふたりとも、新しい保守という立場をとりつつ、いわゆる大衆社会と左翼的な言論に対する批判は続けていた方ですから。

鵺《ぬえ》として生きる

姜　これは西部さんの生きかたとの関係でお聞きするのですが、非常に大きいテーマだと思うのですが、五木さんが戦後デビューされた頃、中間小説は、大衆文学と純文学との懸け橋というような位置だったのですか。

五木　懸け橋というよりは、どっちともつかない中途半端な存在という見られかたでしたね。僕は鵺《ぬえ》的な存在と言っているのですが。志賀直哉に代表される純文学の世界がありました。一方では山本周五郎さんや吉川英治さんなど、確固たる日本への土着性を持った大衆文芸というものがある。大衆小説誌では「講談倶楽部」という雑誌があったんです。

姜　ああ、そうですね。

五木　その「中間」に「オール讀物」「小説現代」「小説新潮」という御三家があって、それがいわゆる中間小説誌。純文学の「群像」「新潮」「文學界」等と、「講談倶楽部」をはじめとする大衆小説誌の「中間」なのですが、以前にも話をした記憶がありますが、自分はあえて鵺的な存在であろうと宣言したことがあったのです。

姜　鵺、ですね。

五木　鵺は、鳥とも動物ともつかぬ、半身は獣《けだもの》で、半身は鳥であるという。正体のつかみにくい、そういう存在をめざすと宣言したことがあったのです。まさに中間小説は自分の主体的に選んだ戦場でした。

姜　ああ……。

五木　ですから、純文学の作家が気楽に執筆する、あるいは大衆作家の人たちがちょっと気を張って書く、というかたちのものではなくて、文学にはっきり「中間」という存在があらわれてくるだろうと思っていました。

そうした中で、中間小説も大衆文化なんですよね。もし娯楽と芸術に分けるとすれば、娯楽というふうな。

姜　ええ。

五木　たとえば、長野の善光寺は、庶民信仰で、ものすごく人が来るのです。江戸時代からそうらしいのですが、その善光寺の石に刻んであった和歌がありました。「五十鈴《いすず》川 きよき流れはあればあれ 我は濁れる水に宿らん」という。ちょっと違ったかな。これは誰が詠んだかわからないけれども、宗教家としての覚悟みたいなものがそこにあるような感じがしました。

きよらかに、という道も否定しているんじゃないんですよ。「あればあれ」ですから。それはそれでちゃんと認め、しかし我は濁った水の中のボウフラのように、それに宿ろう、ともに生きていこうという。僕はそれにとても共鳴しました。
そのように、結果的に中間世界・娯楽小説の中に仕事を広げていったのではなく、最初から大衆娯楽の世界に自分の働いていく場所を見つけようという、そんな気持ちでずっとやってきたのです。

姜　ああ……。

五木　ある高名な評論家に、五木寛之は埴谷雄高《はにやゆたか》の闇を水で薄めて女子供向けに売っていると、新聞に書かれたことがあったのです。私は、それに対して、いや、まさにそのとおりだと答えました。女子供というのが、僕の主体的な対象なのでしたから。つまり「女子供」ということばは、べつに女性とか子供ということじゃなくて、女子供ということばで表現される大衆のことですよね。

姜　ええ。

五木　そういうところで仕事をしていこうと最初に決めたのです。そして中間小説という世界の、鵺的な存在こそ自分の戦場だと思い現在までやってきました。できるだけアイデンティティを曖昧《あいまい》にするというか。とらえがたい存在でありたいと思っているわけです。たとえば『青春の門』（講談社／一九七〇年～）は、未完のシリーズですが、「青春」

ということばは、青春歌謡とか青春歌手とか、非常に甘っちょろい通俗的なイメージが強いじゃないですか。

姜　ええ。

五木　逆に僕はそうした月並みで手垢《てあか》にまみれたようなことばや表現を、方法論として、あえて使うという方法をとってきました。月並みな形容、手垢のついた表現、そういう汚《けが》れた一族を率いて自分は小説を書くのだと。最初の作品集のあとがきにちょっと気負ったことを書いたことがあった。

姜　それは本当に難しい、勇気のいる方法ですね。ふつうの書きかたでは、そういう方法で表現したら、陳腐になってしまい、読者はついていかないでしょうから。

五木さんの話をうかがって、僕の直感なのですが、それは西部さんにいちばんなかったものですね。

五木　西部さんは、正統派の知識人ですから。

姜　中間ということ、鵺として生きるということを、西部さんと話したことはあったのですか。

五木　いいえ。でも、ああいうふうな大衆社会批判をしながら、「朝まで生テレビ！」

のようなメディアに顔を出すという、それ自体が本当はちょっと矛盾があるかもしれません。

姜　そうでしょうね。

五木　だけど、「朝まで生テレビ！」に出演している時や、テレビでさまざまなカルチャーを論じている西部さんは、とても生き生きしていたと思う。学生たちを相手に正論を語っている時よりも、むしろ大衆社会状況の中に身を置いている時のほうが……。

姜　生き生きしていました。西部さんの中に、決して時事的な問題と自分とは切り離すことはしないんだという気持ちがあったように思いました。

五木　孤立した知識人の中には、隠された大衆への思慕というものが必ずあると思っているんです。

姜　しかし今起きている現象に、西部さんはどこかもう自分は匙《さじ》を投げたというか、ついていけないという、今の日本に対する失望感が生まれたのでしょう。

五木　だと思いますね。それが非常に大きいんじゃないのかなあ。

姜　多摩川の清水《せいすい》と聞いた時に、僕は、先ほどの「濁れる水」ではなくて、西部さんは最後まで清き川を選ばれたというのが、胸に響きました。

五木　西部さんの死は、本当はいろんなかたちですごく大きな話題になってくると思っていたのですが、意外にそうならない。僕はそこが不満で。じつに重要な問題だと思うんですけどね。

姜　それ自体もまた……。

五木　それも問題です。あれほどテレビなどで活動していたにもかかわらず、テレビのニュースショーでは、一瞬で片づけられてしまいました。

姜　そうでした。

五木　ああした知識人が自ら辞世するということに関して、文学雑誌も論壇雑誌もさまざまなかたちで物事を展開していってもいいんじゃないかと思うのだけれど、わりとすんなりと流してしまうというのは、ちょっと納得いかない思いでした。

姜　五木さんもそういう感覚を持たれましたか。いや、僕も、何でこんなにスッと、スルーしちゃうのだろうと。

五木　まったくそう思いましたね。大事な問題を西部さんの死はわれわれに突きつけているんですから。

姜　そうですね。

五木　僕らが戦後七十年を生きてきた中で、知識人とは何か、という問題をはじめ、大きな問題をいっぱい突きつけられているにもかかわらず、それがあっさりとスルーされている。

姜　それこそ西部さんが言った、目に見えない大衆は、すごい忘却とセンセーショナリズムが常に交互にあらわれてくる、ということでしょうか。

知識人と大衆

姜　西部さんは、あるひとつの知識人のタイプをわれわれに示してくれたと思うのです。北海道は前近代がなく、彼はアメリカとイギリスに行っていたと思うのですが、ヨーロッパ型の知識人の見かたを、かなり素直に受け止めた人でしょう。いつもアメリカ批判をしていたのですが、西部さんによれば、結局、アメリカは旧ソビエトと同じだと。右と左で違うようでありながら、ヨーロッパ的なトラッドを持たない。その危《あや》うさについて、さかんに発言していた。

五木　ほう。

姜　五木さんも大衆の中に一歩入られながら、常にそれと離れず、鵺的にずっとやってこられたとするならば、この大衆性というものの危うさのようなものを、感じることはなかったのですか。

五木　というより、「危うくあれ」というのが僕のモットーです。また、「怪しくあれ」とか。チリやゴミやアクタと一緒に海へ向かって流れていく時には、一緒に自分も流れていく、ともに流れていく。ひとり孤塁を守るのではなくて。大衆社会の持っているいい加減さというものを摑《つか》まなければ、という気持ちはありました。ミイラ取りはミイラにならなければ、と。

姜　そうですか。

五木　漱石には、知識人の孤立に対する不安というものがあったんではないですか。

姜　ありました。以前言われたと思うのですが、吉野源三郎の『君たちはどう生きるか』の漫画本が、どうしてあれだけ流行るのだろうと。私も頼まれて推薦文は書いたのですが、心のどこかに、やっぱり違和感がありました。

それは何なんだろうと考えると、そこにはいい意味でも悪い意味でも教養主義のにおいがあって、人間は常に向上するし、マスとは違う、知識人の孤高の姿のようなものがイメージとして見えてくるからです。そうしたものに対する生理的な嫌悪感を持っている人もいるんじゃないかと思います。

五木　それは当然いて然るべきだと思うし、またそういうものの対流というか、ダイナミックな流れの中に、カルチャーというのは存在していると思います。「神は細部に宿りたもう」に続けて、「仏は深部に宿りたもう」と僕は言うのですが、仏教の考えかたでは、大事なものは最底辺に宿るという。善光寺の「我は濁れる水に宿らん」というのが重要な発想だと思います。

姜　イエス・キリストの「貧しき人」というのは、「低められた」人ですよね。

五木　そのとおりです。本田哲郎さんが言っているように、格差の中で差別された人びと、ということなのです。「心貧しき」と、「心」が入るからわからなくなる。

姜　そうですね。

五木　「心貧しき者」というと、豊かな富裕層であっても、日々何か人生の意義に迷いを感じ、寂寥を感じているような人、という意味にもなるけれども、そうではない。今夜寝る場所もない人、という具体的な、フィジカルなことです。本田さんはそれを原典にそって説明している。

姜　僕はミッション系の大学で教えていましたが、日本のキリスト教の、いい意味でも悪い意味でも、インテリ宗教みたいな面をよく目にしました。日本ではプロテスタント系のキリスト教の信者の数は絶対的に少ないのですが、学者とか学歴の高いような人たちに多い。それはそれで非常に素晴らしいものを持っているのですが、僕みたいに、親もまったく無学だった者からすると、何となくいつも違和感があったんです。

五木　明治以来の日本の知識人はほとんど例外なく、キリスト教文明イコール西洋文明だったんです。日曜学校とか教会に行って音楽を聴くとか、それがすべての新しい文化への接触でしたね。

姜　キリスト者の新渡戸稲造《にとべいなぞう》や内村鑑三など、だいたいが旧佐幕派の下級武士で、幕末から明治になると、戦争敗北の精神的な空白を埋める意味でキリスト教と、のちにはマルクス主義者になってしまうと思うのです。

五木さんが外地から引き揚げられた後、大抵の人がマルクスボーイになったり、かなり左に行ったと思うのですが……。

五木　僕は敗戦後、ソ連軍の軍政下でしばらく過ごしましたから、社会主義の軍隊がどういうものであるかについて、生理的感覚というのがありました。ですから、素直には入っていけないところがありました。

姜　そうでしたか。僕も大学に入ってからは総連（在日本朝鮮人総聯合会系の学生団体）などからオルグを受けたのですが、やっぱり生理的に受けつけなかったですね。

五木　僕もずいぶん誘いを受けたけど、踏み切れなかったです。自分自身が非常につらいアルバイト学生だったから、そんな活動に参加している時間もお金もないのですよ。おれこそがプロレタリアだ、と。生きていくのに精一杯で、月謝もろくに払えないような立場ですから。こっちが貧しい人民大衆なのだから、あんたたちが何とかしてくれよ、ぐらいの感じでして。

それでもその当時の風潮というか、空気というのがあるでしょ？

姜　はい。空気、ありますね。

五木　当時は全学連や都学連というのが毎日のようにオルグに来て、われわれも基地反対闘争などに行ったし、夏休みには、山村工作と称して、仲間と高倉《たかくら》テルの『ハコネ用水』（理論社／一九五一年）という小説を紙芝居にして、広島の山間の集落などに持っていって、人民の力はこれほど偉大だ、みたいなことを言ったりしたこともありましたけれど（笑）。でも何か一歩そこへ踏みこんで積極的に参加できないものがあったのです。

姜　うーん。

五木　廣松渉《ひろまつわたる》さんに言わせると、党活動に参加するということはものすごく厳粛な、献身的な精神が要求されたという。党の細胞として活動していた仲間たちの、ある人はパイプカットしていた。革命運動に命を捧げるためには子供なんかつくれないんだと。そこまでするほどの、厳格なストイシズムというか、当時のそうした運動はあまり人間的じゃないような気がしましたね。

姜　廣松さんのお話が出ましたが、僕も廣松さんと数回対談したことがあったのです。五木さんと廣松渉さんの対談（『哲学に何ができるか』朝日出版社／一九七八年）も読みました。

五木　田舎が一緒なんですよ、筑後で。

姜　廣松さんも「自分はもう亡くなるから今日の対談の遺影を撮っておいてくれ」なんて、そういう人でしたけど。西部さんも六〇年安保で前衛だったわけですが、日本の知識人の、自分たちは前衛、アヴァンギャルドだという意識に僕はついていけなかったのです。

五木　ある意味ではキリスト教のミッション（使命）と似た雰囲気がありましたね。キリスト教徒の中で先頭に立って、アフリカやラテンアメリカに入り込んでいった人たちがいました。それと同じようなストイシズムがありましたから。そこにはたしかに理想も希望もあった。

姜　ええ。

五木　ただ、実際に活動の中に入って行ってみると、そこは政治の世界ですから、幻滅する。だいたい、「入って出る」というのが知識人のひとつの通過儀礼というか、流れでした。

姜　そうした中で、五木さんが高橋和巳《たかはしかずみ》について書かれている心のこもったエッセイがあります。僕もはしかみたいなものだったのですが、一時期は『憂鬱なる党派』(高橋和巳/河出書房新社/一九六五年) などを読んだりしました。でもある時期から前衛とか知識人とか、そういう人たちに引っぱられていくのはかなわないというか、それは勝手にやってちょうだいという、流れが確実に出てくる時期がありました。

五木　ありましたね。当時影響力が強かったのは清水幾太郎《しみずいくたろう》などです。内灘射爆場の反対闘争があって、彼の呼びかけで日本中から内灘へ、内灘へと、学生から勤労者、宗教団体も、太鼓を叩きながら内灘へ集まったのですから。

姜　はい、そうでした。

五木　金沢へ行く上越線回りの列車の中で、まるで人民列車みたいに、革命歌を熱唱しながら内灘へ向かうわけです。高揚というか、陶酔というようなものがあって、まるで熱に浮かされたような雰囲気でした。

姜　うーん。

五木　でも、そういう時期が過ぎると、野次馬みたいな形でくっついていた自分を見直すという気分も出てきます。六全協（日本共産党第六回全国協議会、一九五五年）があり、スターリン批判があり、新日本文学会と「人民文学」の対立があり……。

姜　たしかに、西部さんが亡くなった時、僕もショックでしたが、よく考えてみると、大衆をマスとしてとらえる時、それが本当にマスなのだろうかとも思ったのです。

五木　なるほど。「大衆」ということばと、「人民」ということばとは、それでも僕はやはりつながっていると感じるんですよ。ロシア語では「ナロード」と言いますね。「ヴ・ナロード」（人びとの中へ）という。大衆的な小説を書くのは、ヴ・ナロードなのだという意識がどこか背景にあるのでしょう。

姜　正規の教育を受けてはいないけれど、自分で研究や活動をずっとしている人もいます。先日、足尾鉱毒事件の取材で旧谷中村に行きましたが、小学校卒業で今もって七十、八十歳で活動もされている方がいらっしゃいました。
そういう人に出会うと、どうやったら五木さんの言う「継続は力なり」でやっていけるのだろうと考えてしまうんです。

五木　うーん（笑）。

階級社会と格差

五木　やはり大衆というのは「母なる世界」だと思います。

姜　母《はは》？

五木　母性に対する憧れというのは、どんなに孤立したハイブローな知識人でもあるものなのです。吉本隆明さんが都《みやこ》はるみを呼んで歌謡曲を歌わせたりとか。
それはつまりパロディーとして、トリックスターを演じているというわけじゃないんですよ。その行動自体の中に、ある喜びがあるのだと思う。むしろ、健康なというか、その人の大事なものがまだ生きているということなのでしょう。お遊びというポーズをとっていても。

姜　ええ。

五木　だから、漱石が『吾輩は猫である』とか『坊っちゃん』を書いている文章というのは、生き生きしているものね。でもその後の『こころ』などには苦渋を感じます。

姜　そこのところがたぶん、西部さんではないですが、やはりイギリスもフランスも、ある種の階級社会だから、ハイブローな人たちのエチケットみたいなのがあって、そこではサッカーよりはクリケットが好きだとか言う。そういうことなわけですね。

五木　そういうことだね。

姜　そういう点で、日本では、階級文化というものは育ったのかなと時どき思うのですが、それはどうでしょうか。

五木　どうでしょう。日本にはかつて、「社会的煙突」といって、明治以来の軍国主義の唯一の取り柄というのが、帝大出であろうと、小学校出身であろうと、新兵になって二等兵の間は、皆一緒でしたから。

姜　そうですね。

五木　沖縄へ行った時に、沖縄の人が僕に、「軍隊にいた時がいちばん良かった」と言っていたんですよ。古参兵になれば、どんな大学出にも命令できるしと言っていました。でも実際、軍隊内でも差別はあったのです。しかし建前としても、「万民は天皇の赤子《せきし》として平等である」ということばは、蔑視され疎外されていた人たちにとっては非常に魅力的なことばだったと思います。

姜　その意味では韓国も戦後、朴正熙《パクチョンヒ》大統領ら軍人たちがフロントランナーになったのは、大地主やハイブローの人たちではない、底辺にある、しかし能力がある者が、軍隊に入るとそこで平等に扱われるということがあったと思いますね。

五木　韓国は、でもヤンバン（両班、韓国の特権階級）の文化が根強くありますよね。

姜　ええ、あります。

五木　僕は韓国に行った時、あるキャバレーで、ものすごくいい歌い手さんに会って、それを激賞したことがあったのです。その人はその後僕の所を訪ねてきて、日本でやっていきたいと。日本という国は韓国と違い、流行歌手を蔑視しない。一国の首相が美空《みそら》ひばりが好きだなどと公言する。韓国ではありえない、と。だから、日本で仕事をしたいという。彼女は「ブンチャック」とか呼ばれていた。

姜　それはよくわかります。僕も一九七〇年、初めて韓国に行った時驚いたのは、当時、食べ物屋、食堂などで仕事をしている人たちに対する、ハイソサエティの人たちの、低く見る見かたでした。もちろん、現在はまったく変わってはきていますけれど。

五木 本質的にはあまり変わらないかもしれません。パンソリを歌う人たちにしても、特殊な社会を研究するような立場で応対するんですよ。

姜 そうですね。

五木 東京の寺で、ナムサダン（男寺党）の興行があったのです。その時に、お寺をあれに貸すとは何事だと、文句を言ったのは在日の人たちだったと聞きました。

姜 あ、ハ、ハ、ハ、そうでしたか……。

五木 韓国では、かつて村人が遊芸人の来るのを待っているにもかかわらず、宿泊する時は村外でしたよね。

姜 そうでしょうね。

五木 村の中には入れない。そういう伝統もあって、大衆文化というものに対して蔑視の感情が以前の韓国は非常に強かったのです。

姜 そうかもしれません。日本の場合、軍隊を通じて、しかもそれは「天皇の赤子」と一君万民的に進んだので、結果的に社会的な同質化が一挙に進んだわけですね。

五木　ことばだけだけどね。

姜　たとえば朝鮮通信使は、日本の徳川時代の町人文化に対して、儒教的な感性からすると軽蔑的だったようです。吉原の遊廓などに対し、儒教的なノーブルさからすると。

五木　そうですね。ある種の中華思想、いわゆる「小中華」として……。

姜　明が滅びて、李朝の中に受け継がれてきたと思うし、その基礎文化はあまり変わらないので、韓国で知識人というのは別格だったわけです。

五木　ええ。別格だったと思います。

姜　もちろん最近は韓国も大衆社会化が進んだけれど、それでも、知識人イコール支配階級が別格、という意識の残滓《ざんし》は、僕から見るとやはり今でも残っていると思います。むしろ中国より科挙の伝統を根強く残しましたし。

五木　いや、非常に強く残っている例外的な国だと思いますね。だから、まだ国民国家として成立していないところもあるようにも思える。

姜　ありますね。そこが僕から見ると国として位置的に不安定で、時々ブレちゃうわけです。日本の場合、戦争に敗けたということもあって、戦後に平等化が象徴天皇制とともに一挙に進んだ。階級文化は固定化されなかった。

五木　明治の元勲とか華族はたくさんいたけれども、もともと下級武士の連中が政治を握ったわけですから、ある意味での価値観の大変換があったことは間違いない。

姜　それはありますね。私が東大で教えはじめた頃、両親が四年制大学卒の学生は半数強くらいでした。それが二十年後には、ほとんど全員の親が四年制大学卒になりました。

五木　ああ……。

姜　日本の社会は対流現象が激しかった。それにくらべると韓国は対流よりは固定化されたものを持とうという文化だと思いますが、その結果、対流が滞っている感じはします。

五木　たしかに。格差の問題は、格差自体以上に、格差の固定が問題なのです。たとえば、国会議員も多くは世襲でしょ？

姜　そうです。

五木　お医者さんも多くが、病院の息子という。そういうかたちで対流化が失われつつあるから、日本にも新階級社会が生まれる可能性がある。それはやはり大問題です。

姜　そうすると、自分がどこに生まれたのか、自分にどういう属性がもともと備わっているかということばかりが、重要なことになってしまう。若い人の中では、たとえば東京二十三区のどこそこ生まれで、そこの名門高校と東大でと、自分たちの文化を完結してしまう傾向がある。

五木　なるほど。

姜　その世界には、それ以外の人は、入りにくいわけです。

五木　そうですね。昔は、たとえば党の活動の場では、学生よりも労働者上がりの人のほうが威張っていたんです。

姜　そうでしたね。

五木　何たって俺たちは働く者だから、お前たちはそれに寄生しているメンバーだから、というので。徳田球一みたいな人がリーダーだった。しかしその後は有名大の学生ばかりになり、エリートがリーダーになってゆく。連合もそうですね。

姜　そうです。そのとおりです。

五木　日本の社会は固定化しつつある。その固定化に対して、ある意味での大きな風穴を開けていたのが、宗教だったと思います。それは法然、親鸞以来の伝統です。その当時、高野山、比叡山、南都北嶺と言いますが、ほとんどの所はそれら既成の大宗派のエリアとして押さえられてしまっていた。残された所は、たとえば当時の琵琶湖の周辺に住んでいた海賊衆と言われた人びととか、切り取り強盗、暴力集団と言われた侍や、芸人、行商人であったとか、そういう人たちが残された教宣拡大の場所であったわけです。

姜　ええ。

五木　そうした底辺の〝濁れる水〟の中に広がっていきました。その後もいろいろ紆余《うよ》曲折、戦争中の偏向とかありますけれども、日本の最高権威と差別された人びとの両端をつなぐ接点のひとつが本願寺だった時代がある。

姜　うーん。

五木　宗教というのは本来、固定した社会を貫く大きな力を持っているものです。電気のプラスとマイナスのように、両極があることによって対流が起こり、運動が起こる。

姜　本来はそういう役割を果たすのが知識人だったと思います。

五木　本来はね。

区別されることからのエネルギー

五木　「中間小説」のことを話した時に言いましたが、純文学と大衆文芸という分けかたがありますよね。あの区分はやはりはっきり分けたほうがいいと思うんですよ。僕は昔からそう思っているのです。

姜　ははぁ。

五木　かつて「中央公論」の目次に大衆文芸の作家が並んだ時、それに対して純文学の作家たちが苦言を呈したことがありました。こんな連中と一緒に並ぶのは嫌だと言ってね。

姜　そんなことがあったんですか。

五木　それくらい厳しく、純文学と大衆文芸の対立というか、区別はあったのです。ところが、その時代が最も、純文学も大衆文芸も、おもしろい作品が出ているんですよ。対抗意識というか、拮抗《きっこう》するものがあるから、そこに運動というか、ダイナミズムが生まれ、ボルテージが上がっていく。

姜　ええ。

五木　今は非常に物わかりのいい時代で、僕らでも自分が作家というふうに言ってしまえば、純文学の作家たちと一緒に講演会へ行ったり、日常生活ではそこに差別的なものは、ほとんどないのです。この「ない」というのが、ある意味で、僕はマイナスだと思う時がある。

姜　うーん。

五木　純文学と大衆文芸、どっちなんだ、はっきりしろ、という。僕はその区別があったほうが緊張感があると思う。それぞれの雑誌だってそうです。

姜　それが行き着いた時、戦後思想を代表する丸山眞男は「戦後は正統と異端すらなくなった」と述べています。何が正統か、何が異端か、わからなくなったと指摘しているわけですが、先ほどの西部さんの話に戻すと、彼は、思想にも正統と異端はある、と。正統というものを明確《クリア》にしない文化というのはだめだということでしょう。異端が正統を照り返すのです。

五木　きっとそうだと思う。そうなんだ。それはつまり異端がはびこっているということに文句を言っているわけではなくて、まず正統がきちっとしていなくてはならない、そうなっていないではないかという考えがあったのでしょう。だから、上部構造と下部構造の対立の上に、対流というか、動き、ダイナミズムがなくちゃいけないんですよ。僕は何でもふたつあったほうがいいと思う。

姜　ええ。

五木　われわれは学生時代に花田清輝《はなだきよてる》の文章をよく読んだのですが、彼は、「エラン・ヴィタール」と、「フラン・ヴィタール」というふたつを挙げて、「楕円の思想」と言っている。

姜　そうでした。

五木　複眼というか、複数の対立する中心があったほうが、真円の世界よりおもしろいということだと思いますが、僕は賛成なんです。物わかりよく「いや、大衆文芸と純文学の差別なんてないよ」なんて言われると、当事者からすると「いや、そんなこと言われちゃ困りますよ」という実感がありますね（笑）。

姜　五木さんも対談されたと思いますが、中世史家の網野善彦《あみのよしひこ》さんと話した時もやはり、「姜さん、日本という国はやはり鎌倉以来、楕円というふたつの中心があった。ヨーロッパも教権制と王制があって、それで上手くやってきた面がある。戦後の日本はそれが見えてこなくなったんじゃないか」と彼は指摘していました。

五木　聖と俗、という言いかたでもいい。かつては「乞食《こつじき》ノ所行」とも言われていたお能（猿楽）の世界が文化遺産に、そして河原者《かわらもの》と言われた演劇の世界が、梨園の名門とか言われていく。そういう中で聖と俗の境目が曖昧になってきている。

姜　聖と俗の、楕円というふたつの中心のダイナミズムがなくなった時に、皆カプセル化されて、狭い範囲のアイデンティティでしか人が交われなくなり、排他的になってゆく面があるんじゃないかと思います。

五木　確かに、それはありますね。

姜　これは日本だけじゃなくて世界的にそうで、つまり一元的に交じり合おうとすると、結果的にものすごく排他的になるような感じがするんです。

五木　これは昔からの僕の持論ですが、「定住民」と「移動民」という言いかたがあります。移動民はホモ・モーベンスという言いかたもするけれども、日本列島のそれぞれの場所に定住の人がいる。その間を商売人とか遊芸人とか浮浪者という人たちが縦横に往復しながら、インフォメーションをおこない、物流をささえてきた。その関係は内臓と血管のように血液を運ぶ役をしていて、それが非常に上手く機能していたのだというふうに思うところがあります。

姜　ええ。

五木　かつて裏の道という、「けもの道」とか「カッタイ道」とか、売薬の人たちの道や、逃亡者や盗賊や流浪民などが行く間道、裏街道がいっぱいあって、関所を通らなくたって自由に横行できたのですよ。
　それが明治以来、御料林が出来、要塞地帯が出来ると、そうした道が寸断されて、表立った明るい道しかなくなった。すると、移動・放浪する人びとと定住する人たちの、非常に良い感じの関係性が失われていったように思いますね。
姜　僕もまったく同感です。聖と俗の区別がなくなった時どうなるでしょう。今、ヒューマニズム的に、グローバル化で、差別なんて絶対しちゃだめよということになっているのですが、現実に起きていることはインヒューマンな……。
五木　現実に起きていることは本当にそのとおりですね。
姜　ものすごく排他的になっている。そうすると、皆がどこに属しているかということがいちばん大切なことになってしまう。どこに属するか。国家とか国民とか、民族とか宗教とか、そして学校や会社や住んでいる所など、属性で相手を量るようになっている。すると、許容範囲がどんどん狭まってくるような気がするのです。これはおかしな現象ですね。
五木　そうです。僕が大学に入ったのは昭和二十七年（一九五二年）ですけど、その時に、闘争のひとつとして住民登録反対運動というのがあったのです。住民登録というものを、当時われわれは徴兵制につながる制度だと解釈していました。住民登録法ですね。

そして結局、それが実行される中で、山間の川の沿岸というか岸辺に住んでいる、昔は「山窩《さんか》」といわれていた、そうした人たちが強制的に新戸籍に編入されたのです。漂流者の群れというか。

姜 そうですか。

五木 じつは相当な数の人たちが無戸籍だったのです、戦後まで。昭和二十七年まで日本の国籍に属さないということは、要するに徴兵と納税と義務教育を受けない、ということでしょう。国民の三大義務を放棄した人びとが日本全国にかなりの数いたんですよ。

それを徹底的に、昭和二十七年、ちょうど朝鮮戦争のさなかに新しい住民登録をおこなった。

姜 逆の見かたからすると、それによって戸籍を獲得できたわけですね。

五木 それはそうです。たまたま昨日、九州芸術祭文学賞の、大阪からの候補作品の中で、暴走族の話がありました。それは在日の人たちの話なんです。父親との会話の中で、「早く日本の国籍をとれ」と言われる。「それができないんだよ」と。なぜできないかというと、要するに交通違反ひとつあっても国籍取得が難しいんですってね。

姜　そうです。

五木　暴走族をやっていた連中なんか、何回も検挙されているわけだから。国籍を取得するのがそんなに厄介なことだと、僕は知らなかった。それを読んで、小説の出来とは別に、現状はそこまで厳格なのかと思いました。むしろ、そうした流動性のように大事にしていかなければいけないものを、固定化しようとしている、と。

姜　おっしゃるとおり、違いをあぶり出す動きがなぜこんなに出てくるのでしょう。たとえば、誰々を差別してはいけない、こんなことをしてはいけない、こういうことばを使ってはいけないと、ヒューマンなものがグローバルスタンダードだと言っているのですが、実際には逆のことが起きているわけです。

つまり、「多様性」ということばが使われれば使われるほど、じつはすごい排他性や、すごく強い反発が出てきている。それは聖と俗とか、正統と異端とか、明確なヒエラルキーがなくなってしまうほどです。

五木　つまり横への区別ですね。聖と俗は上下の区別ですが。

姜　そうです。

五木　僕は、上下の区別はあってもいいと思っているのです。それが対流を生めば、上がったり下がったり、聖に入っていく人もいる、俗へもぐる人もいる、そういう旺盛な、振り子のような、分子が振動しながら動くような、そういうかたちのものもあっていいと思うのです。

しかし横の場合には、これがさっきおっしゃったように固定的な区別になっていくんですよね。これはエネルギーを生まないと思う。

姜　それが今やはり問題です。これだけ情報化社会が進み、僕も、今は正直言うと国籍はもうどうでもいいと思っていますが、娘は、妻の国籍なので、亡くなった息子も妻の国籍に入れようと思っていたのです。

ただやっぱり、先日のように、国会議員の国籍を問題にする人もいまだにいる。

僕は二十年前は、在日と言われてもだんだん日本の社会に溶解して、韓国系とか朝鮮系という区別はなくなっていくんじゃないか、むしろそうでない人は歴史のシーラカンスみたいになっていくんじゃないかと思っていました。

五木　はい。

姜　ところが、この二十年の流れを見ると、だんだんと、むしろそれをよりあぶり出そうという動きが出てきたし、一方ではそれを過剰に引き取って、自分のアイデンティティはこれしかないんだというこだわりが強くなっている。そうした両方の相乗ゲームの中で、むしろ、違いが明確になっていくという、ふしぎな現象があります。その帰属ゲームによって、おたがいを罵《ののし》り合ったりしているという。こういう連鎖反応がどんどん広がっていますよね。

五木　うーん。なるほど。

おれたちはどう生きるか

姜　ですから、われわれは許容範囲が広くなっているかというと、情報化が進んで世界が広くなればなるほど、じつはますます世界が狭まってゆく。それは五木さんは感じるところがありますか。

五木　ありますねえ。吉野源三郎の『君たちはどう生きるか』が大ブームを巻き起こしているけど、われわれ老人にとっては、むしろ「おれたちはどう生きるか」というのが直近の問題点なのであって（笑）。

姜　正直言って、僕は、吉野源三郎がいいなと思いながら違和感があるのは、前に言ったように、人間は向上するものだ、という啓蒙的な進歩史観がまずあることですね。それはそれとして良い面もありつつ、どこかでちょっと眉に唾《つば》をつけたい気持ちもある。

最近思うのは、自分が誰であるのか、ということを常に明確にしないと生きていけない社会は、ものすごく生きづらい社会なんじゃないかということです。

五木　そうなんだね。自分が何者であるか、ということを外形的に規定しないと、たとえば今はフリーの人が部屋を借りるのも大変なんですよ。テレビ局の社員ですとか、区役所に勤めていますとか、そういう条件があるとスッとアパートを借りられるけれども、自分が何者であるかというのを外形的に証明できないと、なかなか社会の中で受け入れてもらえない。ローンも組めない。

姜　たとえば、二十年前であれば、仮に五木さんに国立大学の講演をお願いしたいと考えた時、日当は国から出てくるわけですが、その時に五木さんの職業を「作家」と書くと大学の経理はどう処理するか。「あぁ、無職ですね」というに違いありません（笑）。どんな大作家でも「無職ですね」。

五木　そうかあ。確かに、考えてみたらそうだけど（笑）。

姜　これ、何なんだろうなと。どんな組織に属しているのかというのを外形的にわかるようにしないと生きていけない社会というのは。

五木　たしかに、組織に属していないとだめというね。

姜　昔のある時代では、アジール（避難所）みたいな場所があって、その人たちはそれで存在が許されている部分がありましたよね。

五木　今は、組織に属してないと、ちゃんと敷金を十か月分払いますと言ってもだめなんですよ。

姜　だめですか。

五木　お金を見せてもだめなんだ。身許《みもと》というか、組織の中の社会的身分というか、立場を明瞭に示せないと。たとえば高齢者が独り暮らしをしようとしても、定年で退職していると難しいですからね。

姜　そうですか。アイデンティティについてしっかりとスタンプを押さないと生きていけない社会は、非常につらい社会だと思います。二十年前のことですから、今は変わっているかもしれませんが。

五木　いやいや。自営業者というのはそうですよ。

裁かない生きかた

姜　そういう社会の許容範囲が狭くなればなるほど、じつは人を裁きたくなるんじゃないかと思うのです。黒か白かを、ものすごく裁きたくなる。
あるイメージだけが先行し、これはこういう人、あれはこういう人と、一方的に裁いていくのが一般化して、そうじゃないよと言おうとしても、なかなか通じない。

五木　わかります。

姜　それはやはり、親鸞思想的な考えかたからすると、いちばんあってはならない……。

五木　「悪人正機」ですからね。

姜　西部邁さんと話して、良かったなと僕が思ったのは、たしかに人を批判はするのですが、裁いてはいなかった。

五木　なるほど。

姜　それは自分が、かつて六〇年安保で、左翼から保守に変わった。きっとそのこともあって、批判はするけど、裁かないということになったのだと思う。

五木　そうですね。

姜　ところが今は、批判と裁くということがイコールになっている。ヘイトスピーチなどそうですよね。裁いています。どうしてここまで社会が狭隘《きょうあい》なものになってしまったのだろう。

五木　ヘイトスピーチをする人たちを裁くことも「裁き」ではある。他人を裁こうとする時、新約聖書の「罪なき者、この女を石もて打て」（これまでの人生で罪を犯したことのない者だけ、あの罪を犯したという女に石をぶつけなさい）という考えかたが頭に浮かばないのかなと、本当にあきれることがありますね。自分をふり返ってもですが。

姜　西部さんの中に、オルテガへの思いがあったとすると、大衆のひとりひとりが裁き合うことに対するすごい嫌悪感があったんじゃないかなと思います。

五木　たしかに、否定の感覚というよりは、嫌悪感というものが大きかったような気がしますね。

姜　たとえば、つい最近も喫茶店でコーヒーを飲んでいた時に、四、五十代の女性たちが三人ぐらいで話題にしていたのは、「生活保護をもらって遊んでばかりいる人って嫌だわね」ということでした。

五木　あぁ、そう批判する人はすごく多いです。それは社会保障全体への批判につながっていきますね。

姜　昔であれば、世間には属さないような人が周りにいても、その人たちも食っていけるように、社会の隠れた部分での慣習も生きている時代があったと思います。でも今は全部、あぶり出されているから、社会保障を受けるということに、逆にある種の妬《ねた》み・嫉《そね》みを持つ。

今の世論や風俗の現象は、ものすごく狭隘なものが跋扈《ばっこ》しちゃって、ちょっと異様な感じがするのです。それはどこに原因があるのでしょう。

五木　それはやはり、われわれの生きている今の時代は、効率、生産性というものを計算していきますから、〝無益な人〟の存在というものは否定される、そういうシステムなのでしょう。

計量化社会と格差の固定化

姜　効率性、損益計算、費用対効果。大学にいても、一年ごとに業績評価が出てくるようになったのは十年ほど前からです。それ以前は、文科系は一種の宿り木的な存在でした。五年十年、論文を書かない人もいた。

ところが今は毎年、一年単位で業績を報告せざるをえないので、教員も、目いっぱい報告書に記入するんです。それを競い合う。

五木　なるほど。人の生きかたの努力とか希望とかまで、計量化し、数量化していくという流れですか。やっぱり効率化だよね。どれだけの成績が上がったか、とか。

姜　以前、二十年くらい前はどうだったのでしょうか。

五木　全然そんなふうにはなっていなかったと思います。やっぱり今のように、たとえばコンピュータとか、数字を冷厳に扱うような時代に入ってくると、一目瞭然《りょうぜん》ですから。無用と有用をきちっと区別し、目に見えるかたちで、これは要らないとか。ひとつは国が予算を出すという問題もあると思いますが。私立大学でも国が補助金を出していると、出しただけの実績をあげろと。それを目に見えるかたちで示せというかたちになるでしょう。

姜　そういうことです。計量化というのがじつは指標化であり、すべてを可視化しろということなので、僕は何となく、それをやればやるほどオウム真理教に行ったような若者が増えるんじゃないか、と思っているのですけれど。

五木　なるほど。

姜　それをどう考えたらいいのか。ただ、この計量化・効率化・指標化の流れに抗うことができないので、そこの間隙を縫って泳いでいくしかないのかもしれません。

五木　何でも数字的に評価されるというのは、ちょっとしんどいですね。

姜　しんどいですね。

五木　たとえば健康という問題にしても、本人が「いや、何となく大丈夫です」と言っても、血糖値がこれだけ、白血球の数がこれだけとか、状態が数量で出てくるでしょう。それによって「あなたは異状なんです」というふうに言われるわけだから。

姜　それは五木さんの『健康という病』（幻冬舎／二〇一七年）に通じる問題で。きっと、計量化したり効率化したりグローバル化で進めていく流れが変わらない限り、この社会の病理現象は止まらないでしょう。

五木　そうですね。

姜　前回話したことで言うと、フランスで移民系の若者の暴動が起きた時に、一般のフランス人にインタビューをしたんですね。彼らは何と答えたか。「あの人たちは、私たちと宗教と文化が違いますから」と言ったんです。

ところが移民系の若者に聞くと、自分はフランス語しかしゃべれない。好きなものはフランスの文化。じゃ何が問題なの？と聞いたら、やはり職がないということでした。

五木　なるほど。

姜　職がないということが、宗教の違いとか文化の違いとか人種の違いの結果のようになっているわけです。経済的に彼らが豊かになれば、もっとフランス社会に溶け込んでいくように見えますが、フランス社会のほうは、あれはマグレブ系だとか何とか言ってだからああいうことをやるんだ、と言われる。今起きている現象も根っこの部分は、経済的に豊かになりえない状況から来ている。

五木　根本はそうだと思います。物事を全部、経済に帰してしまうのは問題があるけれども、基本はやはり下部構造が上部構造をつくっていくわけですから。移民たちの反発にしても、トランプへの支持にしてもやはり、職がないとか、プアホワイトの収入が少ないとかいうことが基本にあるんじゃないかと思います。

姜　格差が固定化されて、カエルの子はカエルだと、決めつけられてしまう。僕も大学に入った時、在日の先輩から「姜君、しょせん在日は在日なんだから、就職はあきらめたほうがいいよ」と。カエルの子はカエルだ、というふうに言われた時は愕然《がくぜん》としましたね。

でも、日本の社会は景気が好くなってから、さまざまな人を抱きかかえるぐらいの、ある許容性を一度は持ったわけですよね。

五木 はい。高度経済成長の時にね。

姜 ところが、ある時から、名分上はそうなっているのに、固定化されるようになった。だから正直言って、孫正義《そんまさよし》さんみたいな人が出てくるとは夢にも思わなかったんですよ。

五木 あぁ……。

姜 孫さんと話していたら、子供の頃は、僕よりもっと経済的・社会的に大変な状況だった、と。でも、カリフォルニア大学バークレー校に行って、グローバル化の波に、マイノリティーだからこそ乗れたわけですから。

五木 なるほど。

姜 マイノリティーだから逆に対流現象に乗っかれた。でも現在は、マイノリティーの中で、ますます固定化のボトムを強いられる。マジョリティーの中でもボトムを強いられる。

五木　そうだと思いますね。新しい中世というか、そんな時代が来るのがいちばん嫌です。

姜　文学で言うと、たとえば中上健次とか、在日文学とかが、日本文学に風穴を開けてくれました。でも今、もう飽和状態じゃないかなというのが、僕の印象です。

五木　明治の頃は、たとえば夏目漱石の場合には、漱石門下という人たちがいて、確固とした集団を形づくっていた。泉鏡花は紅葉門下とか。それぞれ大家がいて、その周りにグループがいて、というものがあったのですが、今はそういう状況じゃないですね。

姜　うーん……。

五木　直木賞の候補作に、「SEKAI NO OWARI」というバンドのメンバーが初めて書いた小説がなりました。時間をかけて書いたようですが、これまでのように、文章修業するとか、繰り返し賞の応募にトライして積み重ねてきた結果ではなく、領域をかるがると超えてゆくというか、領域がなくなっている状態ですね。

姜　ええ。

五木　それもやはり一種の、格差の固定化でしょう。知名度のある人はますます知名度を得ていく。そういうふうに文学の分野以外で知名度を得ないと物書きにもなれないのか、というような。今は、ある意味では時代閉塞の現状ですよ。

姜　閉塞ですね。その閉塞に少しでも風穴を開けられるなら何があるか、ということを、僕なりにいろいろ考えてはいるのですが。しかしじつは大学院の入学の面接をすると、やっぱり親が大学教授という場合がけっこう多いんですよ。

五木　ああ、それは、それは（笑）。

姜　つまり最初から文化資本を持っているので。将来は、大学の試験がペーパーではなくて総合力で測るなんて言っているのですが、たとえば小さい頃、お父さんがクラシック好きで、それを聴いている。あるいは美術が好きで美術館通いをしている。旅行も好きで海外の見聞を広めている。そういう子がやはり有利となるわけでしょう。

五木　家の本棚にも本がいっぱいあるとか。

姜　作家が何かで知名度があるから出てくるとか、大学の教員も固定化されていきつつあるというのは歴然としているし、それを食い破るようなものって、どこから来るのだろうかなと思いますが、なかなか見つからない。

五木　見つからないですね。

姜　だからこそ、逆に言うと、帰属の差異化がものすごくフレームアップしてくるというのでしょうか。どうやってこれが固定化しないようにできるのか。それが、エスタブリッシュメントの中から変わっていくということも当然あると思うのです。

五木　それもあると思いますね。かつて白樺派の人たちは「新しき村」などの実践をやってみたり、自分たちの帰属の階級の中から反抗しようとする動きがありました。

姜　僕は有島武郎が好きで、先日も北海道のニセコまで行きましたが、あの人は意外と骨が太い人だったとわかりました。ノブレス・オブリージュの意識があったのでしょうか。

五木　人間は自由なのだと思うのですが、その自由さの基盤に格差があるという。これは大きな問題ですね。

姜　そういうことです。今のグローバル化でのネオ・リベラリズム的な考えかたの中に、自由だけど、じつは格差があるということをしっかりと踏まえられるような経済学や社会科学があれば、それはそれで受け入れられるのですが、こんなに格差があるのはやっぱり力があるからそうなっているのだという。そういう言いかたは納得がいかないということですね。

基本的人権と恒久平和

姜　財政学の井手英策さんと対談されたと聞きました。仏教と今の経済の仕組みとの関係というのはいかがでしょう。

五木　親鸞仏教センターから「現代と親鸞」という月刊誌が発行されています。一見、アカデミックで篤実な雑誌です。そこに井手さんが登場していたので、どういうことかと思ったら、要するに仏教は今の世界を仏教学的にいろいろ語り合うだけでなく、美術、音楽、経済などの芸術社会と対比して語らなければいけない、と。井手さんを招聘《しょうへい》して、「現代と親鸞」の編集部が主催した講演会で質疑応答をやっている記事があって、それがすごく面白かったのです。

姜　そうだったのですか。

五木　もう今、宗教と言えども経済とか財政とかを無視してはありえないでしょう。経済という分野は、人間の心の問題や欲望の問題というものとして考えるべきじゃないかとずっと思っていたのです。それで、「中央公論」で対談をさせてもらったのですが、非常に面白かった。

姜　ええ。

五木　今、カルチャーの世界が転機に差しかかっているという気はするんですよ。これまでのように、それぞれのセクションの中で、それぞれの分野での専門を究めていくというかたちだけではなくて、そこにボーダーレスに、乗り換えていくというか、乗りこんで語り合うことが大事だと思うのですが。

姜　はい。

五木　たとえば、なぜ憲法というものが問題になるかというと、第九条はすごく大事だけれど、第九条の根っこに、二十五条ですか、いわゆる基本的人権の生存権に関する項がありますよね、「国民は文化的で健康な生活を営む権利がある」という。

姜　そうですね。

五木　僕はまず、あの二十五条からスタートして、九条に行き着くべきだと思っているんです。いきなり「恒久の平和を念願」するというより、やはり人権として、国民の権利として、平和で健康な生活をするためには、戦争はやっていけないのだという、そこへ基本的に行き着くべきだという考えかたなのです。

姜　ええ。そういう点で言うと、「健康で文化的な生活」の、「文化的」生活というのを、「多文化」と読み替えてもいいんじゃないかと。

五木　ああ、なるほど。

姜　文化水準というだけでなくて。

たとえば僕は日本人以上に日本人だし、でも名前ぐらいは残しておきたいと思って、家族は全部妻の姓にして。僕だけ元の名にしています。

そういう点で、健康で文化的な生活という文を、文化の違いがあっても同じ国民として遇してくれる、というふうに二十五条を解釈し直してもいいんじゃないでしょうか。

最初の声が出るまで

五木　僕は世界の思想とか文学とか芸術とかの基本は「ことば」、つまり肉声で語ることだと思っているんです。問答とか対話とか。

バイブルにしても、仏教の聖典にしても、『論語』にしても「子曰《のたまわ》く」とあるように、師の肉声が原初的な表現のいちばんの基盤だと思っています。活字化はそれを記録していくための代用作業にすぎないと。肉声で語る、人に向かって語るということが表現者としてのベースだと思っています。前にも言いましたが、僕にとってそれは創作活動以上に大事なことなので。

姜　おっしゃるとおり、オーラルの本来の意味がそうですよね。

五木　『万葉集』にしても、われわれは机の上で斎藤茂吉の『万葉秀歌』などをテキストとして読んだりしますが、基本的にもともと万葉集も大きな声で怒鳴っていたというか、声に出して歌っていたものですから。

姜　でしょうね。

五木　だから、語るということ、聞くということ、話すということ、問答するということを第一義に置いて、それから聴衆を相手にして講演なんていうものがあり、それから文章をひとりで書く、というね。ひとりで書く時も頭のどこかに、読む人を想定しながら書いているわけです。

姜　そうなのですか。

五木　書くことは代償行為ですから。読んでもらう。本当は面と向かって話をしたいのです。物語りをするにしても、こんなことがあったよ、こんなふうにと、お話をしてあげればいちばんいいわけですが……。

姜　僕は中学まで少し吃音《きつおん》ぎみだったんですよ。

五木　そうですか。

姜　西部さんと話していた時も最初に、あ、この方は以前吃音だったなとすぐわかったんです。それで彼に話しました。「西部さん、吃音だったでしょう」と。するとど「どうしてわかるの?」って。彼が「いやー、姜さん、吃音は真面目なんだよね」って。

五木　うーん、わかる、わかる。

姜　僕に対して、「いや、考えかたは違うけど、きっと姜さんは真面目だろう」というふうに言ってくれたんですよ。

五木　おもしろいね、それは。

姜　だから彼は、意外と、根っこは、ものすごく人とコミュニケーションしたかったのかもしれない。

五木　人恋しい人なんでしょうか。なるほど。

姜　彼のひと言で、主義主張では対立してはいても、すごく共感し合うところがあったんですけれど。

五木　テレビの番組で、映画とかいろんなことについてずっと語るという、西部さんのワンマントークで、すごく楽しそうだったし、生き生きしていました。

姜　そうだと思います。それはたぶん、思春期まであまり声を発することができなかったからじゃないかなと。

五木　なるほど。

姜　十年ぐらい前に京都で吃音の人たちの集まりに呼ばれたんです。僕があるところに「中学卒業する思春期まで軽い吃音があった」と書いていたのを見て、呼ばれて行きました。

そこでまた、僕に質問しようと立って、「先生は、」ということばを出すまでに数分かかった人がいました。ものすごく顔を紅潮させて、汗を流しながら声を絞りだして「先生は、」と。会場ではみんな待っているわけです、その声が出るまで。

五木　ほう。

姜　僕も待っていたのですが、その時あらためて、ああ、声を発するというのは大変なエネルギーが必要なんだと……。

五木　最初の一語を発するのが大変なわけですね。

姜　出にくいのですね。五木さんがこれまで、すべて古典は対談か肉声だと、何度もおっしゃっていましたが、そのことの意味がわかるような気がします。声を出すということは、命を削るぐらいの大変なエネルギーなんだなということです。

五木　なるほど。ことばを話す、ということは、本来そういうものだということをあらためて教わったような気がします。

あとがき

静かに熱いひと

　姜尚中さんとはじめて言葉をかわしたとき、なんと冷静な人だろうと思った。姜さんは私が生まれた福岡の隣の県である熊本で育っている。こちらは筑後であり、小栗峠という峠を越えたむこうは肥後だった。ともに九州の風土と縁があるにもかかわらず、姜さんはあくまで冷静で穏やかな印象だった。

　私はひどく軽率な人間で、物事をあまり深く考えず、直感で動いてしまう典型的な九州人タイプなので、姜さんの冷静さが正直うらやましかった。知性とか教養とかいったものの差だろうかとも考えたが、そういうことでもなさそうに思われた。姜さんの静かさの奥には、なにか深い悲しみの気配が宿っていると感じられたのである。

ロシアの作家、グリボエドフの作品に『智慧の悲しみ』というのがあって、その題名が昔からずっと気になっていた。本当は一般にいう「悲しみ」ではない、と教えられても、やはり『悲しみ』のほうが心に響くところがある。民族の違いとか、そういうことだけではない静謐な「悲しみ」の感覚が姜さんの身辺には漂っているようだった。

しかし、その冷静さの背後にあるものが、じつは地底のマグマのように熱く激しい情熱であることを小説『母─オモニ─』は伝えてくれる。冷静どころか阿蘇の火山よりも熱いマグマを底にひそめた静けさなのだ。

私は九州に生まれて朝鮮で育った。フランスでは植民地に生きた本国人のことを「ピエ・ノワール」(黒い足)と呼ぶそうだ。カミュもまたピエ・ノワールの一人である。『異邦人』を「引揚者と訳したほうがいい」と発言して笑われたのは、学生時代のことだった。

はからずも姜さんと語り合う機会を何度も持つうちに、私は自然と姜さんの「熱さ」に気づくことになった。

姜さんは抑制の人である。テレビの討論の場で姜さんが発言すると、なみいる論客たちも口をさしはさまずに耳を傾ける。その穏やかな口調の背後に深く広い世界の重みを嗅ぎとるからだろう。

私は若い頃からデラシネという言葉に執着してきた。一般に用いられるような「根なし草」といった意味でなく、国境を越えて生きる人々の謂である。現代ならさしずめ難民のことだ。それは私たちすべての現代人の運命である。姜さんの冷たく熱い言葉に、今を生きる人間に共通の感覚がある。

はるかな昔、合宿して語り合い、一冊の対話集を作った廣松渉は、熱くて静かなひとだった。姜さんはその対極にある。静かで、そして熱いひとなのだ。ここに収められた対話を通じて、その魅力が読者に伝えられれば、と、あらためて思う。

二〇二〇年　五月

五木寛之

初出一覧

第Ⅰ部 「鬱《うつ》の時代」を生き抜く
・「週刊朝日」２００８年９月５日号／２０１０年１月１日号／２０１１年１月７日号
第Ⅱ部 無力《むりき》＝パワーレスパワー
・「週刊朝日」２０１２年１月13日号／２０１３年６月14日号／同年11月15日号
第Ⅲ部 日本人であることの限界
・語り下ろし
第Ⅳ部 漂流者の生きかた
・語り下ろし
第Ⅴ部 おれたちはどう生きるか
・語り下ろし

おことわり

本書で取り上げた一部の名称や呼称については、現在では差別的で不適切とされるものもあります。編集にあたり最大限表現には配慮いたしましたが、過去の時代の歴史的考察の立場から、あえて掲載をさせていただいた場合もあります。著者、出版社に差別の意図はまったくないことをご理解いただきたく、お願い申し上げます。

（編集部）

著者略歴

五木寛之（いつき ひろゆき）

1932（昭和7）年9月福岡県生まれ。

生後まもなく朝鮮に渡り、47年引揚げ。66年『さらば モスクワ愚連隊』で第6回小説現代新人賞、67年『蒼ざめた馬を見よ』で第56回直木賞、76年『青春の門』ほかで第10回吉川英治文学賞を受賞。2002年、第50回菊池寛賞、09年にNHK放送文化賞、10年に『親鸞』で第64回毎日出版文化賞特別賞を受賞。

著書には『朱鷺の墓』、『戒厳令の夜』、『生きるヒント』、『大河の一滴』、『他力』、『蓮如―われ深き淵より』、『天命』、『私訳歎異抄』、『日本人のこころ』、『下山の思想』ほか、シリーズに『百寺巡礼』、『21世紀仏教への旅』などがある。

翻訳にリチャード・バック『かもめのジョナサン完成版』、ブルック・ニューマン『リトルターン』などがある。ニューヨークで発売された『TARIKI』は2001年度「BOOK OF THE YEAR」（スピリチュアル部門）銅賞に選ばれた。

姜 尚中（カン サンジュン）

1950年（昭和25年）8月熊本県生まれ。

政治学者。東京大学名誉教授、熊本県立劇場館長。

専攻は政治学・政治思想史。

著書には、100万部超のベストセラー『悩む力』とその続編『続・悩む力』のほか、『マックス・ウェーバーと近代』、『オリエンタリズムの彼方へ』、『ナショナリズム』、『東北アジア共同の家をめざして』、『日朝関係の克服』、『在日』、『姜尚中の政治学入門』、『愛国の作法』、『リーダーは半歩前を歩け』、『あなたは誰？ 私はここにいる』、『心の力』、『悪の力』、『漱石のことば』、『維新の影　近代日本一五〇年、思索の旅』、『母の教え：10年後の「悩む力」』、『朝鮮半島と日本の未来』などがある。

小説作品には『母―オモニ―』、『心』がある。

漂流者《ひょうりゅうしゃ》の生《い》きかた

二〇二〇年七月二十三日　第一刷発行

著　者　五木《いつき》寛之《ひろゆき》・姜《カン》尚中《サンジュン》

発行者　千石雅仁

発行所　東京書籍株式会社
〒一一四－八五二四
東京都北区堀船二－十七－一
電話〇三－五三九〇－七五三一（営業）
〇三－五三九〇－七四五五（編集）

印刷・製本　図書印刷株式会社

ISBN 978-4-487-81121-2 C0095

https://www.tokyo-shoseki.co.jp